HERÓIS SOLIDÁRIOS

CANÍSIO MAYER

HERÓIS SOLIDÁRIOS

*Dinâmicas e textos
para momentos especiais*

DIRETORES EDITORIAIS:
Carlos Silva
Ferdinando Mancílio

EDITORES:
Avelino Grassi
Roberto Girola

COORDENAÇÃO EDITORIAL:
Elizabeth dos Santos Reis

COPIDESQUE E REVISÃO:
Elizabeth dos Santos Reis

DIAGRAMAÇÃO:
Alex Luis Siqueira Santos

CAPA:
Márcio Mathídios

Editora Idéias & Letras
Rua Pe. Claro Monteiro, 342 – Centro
12570-000 Aparecida-SP
Tel. (12) 3104-2000 – Fax (12) 3104-2036
Televendas: 0800 16 00 04
vendas@ideiaseletras.com.br
http//www.redemptor.com.br

**Dados Internacionais de Catalogação na Publicação (CIP)
(Câmara Brasileira do Livro, SP, Brasil)**

Mayer, Canísio
Heróis solidários: dinâmicas e textos para momentos especiais / Canísio Mayer. – Aparecida, SP: Idéias & Letras, 2005. (Coleção Mais Vida)

Bibliografia.
ISBN 85-98239-53-4

1. Auto-ajuda – Técnicas 2. Dinâmica de grupo 3. Motivação 4. Mudanças de vida – Acontecimentos – Aspectos religiosos 5. Vida – Aspectos religiosos I. Título. II. Série.

05-7866   CDD-260

Índices para catálogo sistemático:

1. Dinâmicas criativas: Cristianismo 260

Dedicatória

Dedico este livro a todos os heróis solidários
que em tudo e apesar de tudo:
continuam confiando nas pessoas,
continuam construindo a esperança,
continuam escolhendo a vida,
continuam optando pela cidadania,
continuam sendo arautos da paz,
continuam tornando real o amor,
continuam plantando belos sonhos em muitos corações.

Sumário das Dinâmicas

1. Dinâmica das Quatro Tendas 25
2. Dinâmica dos Namorados......................................35
3. Dinâmica dos Dilemas 43
4. Dinâmica das Expressões......................................49
5. Dinâmica dos Símbolos..55
6. Dinâmica da Criatividade 61
7. Dinâmica das Frases 69
8. Dinâmica dos Sonhos...77
9. Dinâmica Mais do que Nunca...............................83
10. Dinâmica do Olhar..91
11. Dinâmica do Trabalho em Equipe.........................101

Sumário dos Anexos

1. Quem encontrou um amigo.. 109

2. No ritmo do amor.. 110

3. Viver é.. 111

4. Amigos... 112

5. Eu vou subir... 113

6. Passar pela vida.. 115

7. Sentir... 116

8. Apesar de... 119

9. O sabor da sabedoria.. 121

10. Heróis invisíveis.. 123

11. Frases motivacionais.. 125

APRESENTAÇÕES

I

Atropelos e buscas,
desconcertos e persistências
permeiam nossos atribulados dias
de homens e mulheres do século XXI.

Ora nos curvamos sob o peso do desânimo
e da desconfiança diante dos tempos,
dos novos valores e das pessoas,
cada vez mais distantes e indiferentes;
ora nos lançamos a perseguir alternativas
para conseguir a paz,
a harmonia e o equilíbrio,
a fim de revigorar o espírito,
cada vez mais desejoso de ar puro
e céus límpidos (com e sem metáforas ...).

Essa dinâmica, que se supõe dialética,
para rever-se e construir-se, e dialógica,
para interagir e compartilhar,
vem apresentando, apesar dos pessimistas e céticos,

sinais de esperança e vitalidade,
sem medo dos desafios que continuam a aparecer.

Este livro é prova disso e é bem-vindo.

O convite à reflexão não exclui a exigência do olhar-se
e do olhar para o outro,
não como mero exercício de diletantismo psicológico e/ou espiritual,
mas como verdadeiro *iter* (caminho) para a maturidade.

Seres sempre em processo e criados para os relacionamentos, ansiamos o Absoluto.
É para lá, nas entrelinhas tão luminosas, que o autor aponta,
porque sabe muito bem que onde colocarmos nosso coração,
ali também guardaremos nosso tesouro.

Patrizia Bergamaschi

II

Tenho o grande prazer de apresentar este livro criativamente intitulado de Heróis Solidários.

Entrar em contato com as dinâmicas e textos deste livro é mergulhar na sabedoria e no sabor do viver. Cada palavra, frase e proposta desta obra estão carregadas de uma mística, de algo que nos escapa. Trata-se de algo realmente fabuloso! São lições que nos impulsionam na busca do essencial, daquilo que vale a pena.

Escrever um livro, nós o sabemos, é um processo penoso e, ao mesmo tempo, fascinante. Este aqui foi gestado e parido em diversas culturas, épocas, contextos e nos lança para um mergulho nas profundezas da vida para, então, vislumbrar novos horizontes e fronteiras.

O que contém este texto não é o resultado de uma especulação racional, fragmentada, sectária, mas de um trabalho sério, de uma caminhada árdua, exigente e educativa. São ricas experiências!

Por estas densas páginas passam diferentes tradições e saberes, desfilam dinâmicas criativas, textos sábios, poemas fascinantes, proposições interessantes. São verdadeiras jóias que poderão ser úteis a muitas pessoas. Através delas é possível mergulhar na alma, no sabor, na vida... na esperança.

As dinâmicas e textos deste livro encorajam pessoas e grupos para vôos maiores. Vôos que possibilitam fugir da estreiteza que muitos projetos gananciosos submetem ou tentam submeter a maioria da humanidade e, por isso, descaracterizam e desvirtuam o fluir da verdadeira vida. Impulsiona a ousar, nas diferentes dimensões da vida, em busca do encanto. Encanto que rompe o fanatismo ego e etnocêntrico excludente e possibilita o encaminhamento da vida a partir do específico de cada um e de cada contexto, tendo como meta a efetivação de uma sociedade onde caibam todos e onde as diferenças sejam respeitadas.

Este é um livro que pode ser lido de uma só vez, mas não dá para em seguida colocá-lo na estante e esquecê-lo. Isto porque é impossível assimilar sua riqueza apenas num contato ou numa leitura rápida. É preciso recorrer constantemente a ele para curtir, ruminar, saborear e digerir a profundidade de cada afirmação, frase, dinâmica, texto, vivência e experiência. Em diferentes lugares e momentos da vida ele sempre tem algo a dizer.

Fazer memória, trazer à luz e socializar os sonhos e as esperanças é, sem dúvida, uma dádiva que transparece na opção do autor em favor da vida em suas múltiplas expressões e interações.

Louvamos esta riqueza projetada e efetivada pelo Canísio Mayer com sua, também, contínua busca de sabedoria.

Saboreie individual ou coletivamente estas pérolas e siga lançando sementes...

Antônio Boeing

DEZ PONTOS PARA O BOM USO DESTE LIVRO

O trabalho com dinâmicas traz consigo diversas características, sugestões, orientações, tais como:

1. Dinâmicas vivenciais

Estas não são apenas técnicas aplicáveis a diversos grupos, são dinâmicas carregadas de uma mística, possuidoras de um dinamismo alegre, participativo e responsável. O livro sugere inúmeras dinâmicas que admitem adaptações: às diversas realidades culturais, sociais, religiosas, às variadas demandas dos grupos, às diferentes necessidades dos participantes de um grupo, à maturidade destes, aos frutos que se deseja alcançar com cada vivência...

2. Coordenação das dinâmicas

A denominação equipe de coordenação – que pode ser um coordenador – designa aquela equipe ou pessoa que facilita a vivência de uma dinâmica. Ela coordena os passos a serem vividos e assessora a caminhada de um grupo. O ideal é que a equipe de coordenação saiba trabalhar como tal: sentar juntos, pensar nas demandas e necessidades dos participantes, estudar e preparar bem as dinâmicas, encontrar formas de adaptação, escolher lugar apropriado, providenciar símbolos e o material necessário, dividir tarefas e responsabilidades. Portanto, esta equipe tem uma função importante tanto na preparação, nos encaminhamentos e na vivência das dinâmicas como também em sua interpretação e avaliação mesmas junto aos grupos. O bom coordenador é aquele que é *"manso como um pomba e prudente como uma serpente"*, que tem consciência de que a *"interpretação de cada dinâmica faz parte dela"*, que sabe posicionar-se diante dessa consciência, escutar o que os participantes querem dizer e não apenas o que ele deseja ouvir...

3. Gostinho de "queremos mais"

É fundamental nunca levar os participantes à exaustão em dinâmicas. A equipe deverá, sim, terminar o encontro quando ainda existe um gostinho de *"queremos mais"*. Esse procedimento deixará o grupo motivado para posteriores trabalhos. Cabe, ainda, à equipe de coordenação, a docilidade e a sabedoria sobre o tempo dado a cada dinâmica. O livro aponta alguns tempos, mas não os delimita precisamente, pois isso dependerá da caminhada de cada grupo, do tempo disponível para cada vivência e dos frutos que se deseja alcançar.

4. Número de participantes

O ideal é que não seja um grupo muito grande. Desta forma, o aprofundamento poderá ser mais personalizado e haverá possibilidade para maior participação. Contudo, isto não impede de se oferecer um trabalho para um grupo grande. Essa postura exigirá melhor preparação daquele que coordena.

5. Lógica das dinâmicas

Todas as dinâmicas deste livro obedecem à seguinte estrutura ou lógica: título da dinâmica, objetivos, intenções da dinâmica, público alvo, número de participantes, propondo material, desenvolvimento, considerações finais e frase conclusiva.

6. Quatro momentos de uma dinâmica

De um modo geral, o trabalho com dinâmicas pode ser dividido em quatro grandes momentos:

Primeiro: Acolhida e encaminhamentos. Uma dinâmica começa antes mesmo dela, isto é, com uma boa preparação, com os encaminhamentos necessários para sua vivência: local, disposição da sala, uso de símbolos, música de fundo, material necessário... Porém, não esquecer que a acolhida aos participantes é fundamental. É aí que começa propriamente uma dinâmica. Criar um clima familiar de bem-estar e de confiança é o caminho.

Segundo: Motivação e vivência. Um trabalho, para ser frutuoso, precisa ser motivado: distribuindo o material, caso seja necessário, e clareando os passos ou momentos que serão vividos por todos; proporcionar o tempo adequado para a vivência – envolvente e responsável – de cada dinâmica, pois o coração de uma dinâmica está em sua vivência. Dar tempo ao tempo para que este momento seja bem vivo e vibrante.

Terceiro: Interpretação e continuidade. Este momento é tão importante como os dois anteriores. A equipe de coordenação tem a missão de levar os participantes a uma interpretação daquilo que viveram durante a dinâmica:

- buscando um jeito de os participantes retomarem o que experimentaram ao longo da dinâmica;
- não se antepondo à interpretação dos participantes;
- buscando, através de um jeito provocativo, a participação do maior número possível de participantes;
- sabendo escutar e fazer, no final, algumas ponderações como aprofundamento ou acenando aspectos que não foram tocados na interpretação;
- ajudando a ponderar a continuidade do trabalho: o quê? Quem? Como? Quais os prazos? Retomadas...

Quarto: Avaliação. Caberá à equipe coordenadora preparar e motivar os participantes para uma avaliação: quem revê, vê melhor. A avaliação poderá ser: sobre a importância e atualidade da dinâmica; sobre o modo como todos fizeram acontecer o encontro; sobre os frutos alcançados na vivência e na interpretação; sobre os pontos positivos, pontos a acrescer e sugestões; ou outras maneiras de avaliação.

7. Destinatários das dinâmicas

Em cada dinâmica existe uma sugestão de público alvo. Este livro foi pensado e projetado tendo em conta diversos e diferentes públicos. A criatividade das pessoas que fazem uso de um livro de dinâmica é tão grande que fica difícil especificar um público. Porém, para não deixar vago este item, vale lembrar que estas dinâmicas já foram vividas por adolescentes, jovens, estudantes, educadores, pessoas que trabalham com recursos humanos em empresas, casais, grupos variados. Em suma, este livro foi pensado para ser útil e ser uma referência para "gente que trabalha com gente".

8. Símbolos

No livro não existe uma recomendação exata sobre o uso de símbolos, o que não invalida a importância deles. Aliás, eles são recomendados, pois ajudarão a mergulhar, ainda mais, no conteúdo e na proposta de cada dinâmica.

9. Duração de cada dinâmica

A maioria das dinâmicas sugeridas e desenvolvidas neste livro podem servir para vários momentos de reflexão. Não se esgotam num único encontro. Cabe à equipe de coordenação prepará-las da melhor forma possível e com vistas a um trabalho de continuidade.

10. Consultas interessantes

Outros livros poderão ser consultados para maior aprofundamento de cada dinâmica. Por exemplo, os livros do próprio autor:

- *Viver e Conviver*, Paulus Editora.
- *Encontros que Marcam* (3 volumes), Paulus Editora.
- *Na Dinâmica da Vida*, Editora Vozes.
- *No Sotaque do Amar*, Editora Vozes.
- *No Sotaque do Andar*, Editora Vozes.
- *Dinamizando a Vida*, Rideel Editora.
- *Na Dança da Vida*, Editora Idéias & Letras.

> "Um livro é um mudo que fala, um surdo que responde, um cego que guia, um morto que vive."
> Pe. Antônio Vieira

Introdução

Como introduzir um livro que traz em seu bojo inúmeras dinâmicas e textos para os mais belos momentos da vida, sem com isto cair em contradição? Como motivar o leitor para uma primeira aproximação da obra?

Proponho três sugestões simples que não se excluem:

Primeira sugestão: Dar uma olhada no índice geral do livro e se deixar tocar pelos títulos, pelos objetivos, pelo público alvo, pelo desenvolvimento... aí indicados.

Segunda sugestão: Ler as apresentações do livro feitas por pessoas comprometidas, pessoas que buscam incessantemente o sabor, o saber e a mística em tudo o que são e fazem.

Terceira sugestão: Ler e saborear as trinta frases sábias que seguem. Estas querem servir como um "aperitivo" ao que constitui o coração e a alma do livro.

1) "A sabedoria é saber o que se deve fazer; a virtude é fazê-lo" (David Starr Jordan).

2) "Nunca encontrei uma pessoa da qual não tivesse nada a aprender" (A. de Vigny).

3) "O mais importante da vida não é saberes onde estás, mas sim para onde vais" (Goethe).

4) "Só é útil o conhecimento que nos torna melhores" (Sócrates).

5) "A sabedoria é um adorno na prosperidade e um refúgio na adversidade" (Aristóteles).

6) "Os sábios falam pouco e dizem muito; os ignorantes falam muito e dizem pouco" (Sabedoria popular).

7) "Se teus projetos forem para um ano, semeia o grão. Se forem para dez anos, planta uma árvore. Se forem para cem anos, instrui o povo" (Provérbio chinês).

8) "A maravilhosa disposição e harmonia do universo só pode ter tido origem segundo o plano de um Ser que tudo sabe e tudo pode. Isto fica sendo minha última e mais elevada descoberta" (Isaac Newton).

9) "Não há nada de nobre em sermos superiores ao próximo. A verdadeira nobreza consiste em sermos superiores ao que éramos antes" (Sabedoria popular).

10) "Pensa como pensam os sábios, mas fala como falam as pessoas simples" (Aristóteles).

11) "Se queres vencer na vida, consulta três velhos" (Provérbio Chinês).

12) "Saber é lembrar-se" (Aristóteles).

13) "É impossível para um homem aprender aquilo que ele acha que já sabe" (Epicteto).

14) "O homem sábio é aquele que não se entristece com as coisas que não tem, mas se rejubila com as que tem" (Epicteto).

15) "À beira de um precipício só há uma maneira de andar para a frente: é dar um passo atrás" (Michel de la Montaigne).

16) "Nada é tão útil ao homem como a resolução de não ter pressa" (H. Thoreau).

17) "A simplicidade é o que há de mais difícil no mundo: é o último resultado da experiência, a derradeira força do gênio" (G. Sand).

18) "Grande homem é aquele que não perdeu o coração de criança" (J. Wu).

19) "Não julgues nada pela pequenez dos começos. Uma vez fizeram-me notar que não se distinguem pelo tamanho as sementes que darão ervas anuais das que vão produzir árvores centenárias" (Josemaria Escrivá).

20) "Muitas insignificâncias fazem a perfeição, mas a perfeição não é uma insignificância" (Michelangelo).
21) "Um livro é um mudo que fala, um surdo que responde, um cego que guia, um morto que vive" (Antônio Vieira).
22) "O melhor profeta do futuro é o passado" (Robert Frost).
23) "Todos os dragões de nossa vida são talvez princesas que esperam ver-nos um dia belos e corajosos. Todas as coisas aterradoras não são mais, talvez, do que coisas indefesas que esperam que as socorramos" (Rilke).
24) "Cava o poço antes de teres sede" (Provérbio chinês).
25) "Não acrescente dias a sua vida, mas vida a seus dias" (Harry Benjamin).
26) "O problema não é que os computadores passem a pensar como nós, mas que nós passemos a pensar como eles" (Erich Fromm).
27) "O pessimista queixa-se do vento, o otimista espera que ele mude e o realista ajusta as velas" (Willian George Ward).
28) "A prova mais clara de sabedoria é uma alegria constante" (Michel de la Montaigne).
29) "Não há razão para termos medo das sombras. Elas apenas indicam que em algum lugar próximo brilha a luz" (Ruth Renkel).
30) "Não basta conquistar a sabedoria, é preciso usá-la" (Cícero).

O que mais envelhece o ser humano é a falta de amor e de esperança. E estes nunca decepcionam e nunca saem da moda. Precisamos desejá-los, buscá-los, encontrá-los, fazê-los vivos, verdadeiros, reais... nossos. O amor e a esperança deixam-se encontrar na arte de viver, em cuja escola aprendemos a:

Parar, apesar da pressa.
Contemplar, apesar da rapidez.
Sonhar, apesar das desilusões.
Caminhar, apesar dos obstáculos.

Continuar, apesar das barreiras.
Recomeçar, apesar das quedas.
Perdoar, apesar do orgulho.
Acarinhar, apesar dos medos.

Confiar, apesar de tudo.
Desejar, contudo.
Acreditar, acima de tudo.
Amar, em tudo.

Façam bom proveito deste livro. Indiquem-no a amigos(as) e a pessoas que alimentam grandes sonhos, como você! Presenteie pessoas queridas. Porém, e acima de tudo, façam o que este livro deseja:

Provocar uma vivência,
Desencadear um processo,
Alimentar grandes sonhos,
Buscar uma vida alegre,
Cultivar o entusiasmo,
Assumir um compromisso e
Viver no bom humor.

Sem maiores delongas, o livro está em suas mãos. Ele nasceu da prática, da vida, do contato com muitas pessoas e grupos.

Tenho certeza de que este livro marcará encontros únicos em sua vida e na dinâmica de seu grupo, comunidade, ambiente de trabalho, de estudo... Deixará marcas em seu coração, em sua mente, em sua missão... Tornará mais viva sua esperança e mais eficiente seu amor.

> "Precisamos de esperança
> para que nossa alegria seja completa."
> Teilhard de Chardin

Dinâmicas

- das Quatro Tendas
- dos Namorados
- dos Dilemas
- das Expressões
- dos Símbolos
- da Criatividade
- das Frases
- dos Sonhos
- Mais do que Nunca
- do Olhar
- do Trabalho em Equipe

1. Dinâmica das Quatro Tendas

Objetivos
1. Educar a sensibilidade para a escuta e a contemplação: dos próprios sentimentos, do outro, da vida...
2. Levar os participantes de um encontro a se conhecer melhor, a criar um clima de confiança, a cultivar uma partilha saudável, a crescer como pessoas, cidadãos, amigos.
3. Entrar em contato com a sabedoria da vida, com sonhos, esperanças muitas vezes adormecidos.
4. Esta dinâmica quer provocar uma atitude de docilidade, uma busca de diálogo, um exercício de escuta, um reacender a luz da esperança, um compromisso com os sonhos que alimentam a vida.

Intenções
Vivemos num mundo em que precisamos ressuscitar: a grandeza do diálogo, a importância do outro como amigo e não como ameaça, a coragem de conversar sobre o que somos, sentimos, esperamos; aguçar a sensibilidade no ver, contemplar, no deixar-se tocar. Enfim, buscar e aprimorar meios para que as pessoas possam se encontrar, olhar para um mesmo horizonte, sonho ou busca.

Público alvo
Público variado: adolescentes, jovens e adultos.
Grupos de diversas etnias, credos, denominações sociais...
Estudantes do ensino médio, universitário etc.

Número de participantes

O número é bem variado. O ideal é que não sejam mais que 40 participantes.

Propondo material

1. Prever folhas ou cartazes com as frases abaixo sugeridas – frases sugestivas: sabedorias, sonhos, provérbios... – ou outras, conforme o objetivo e a temática do encontro.
2. Preparar quatro tendas, conforme segue abaixo: toalhas ou lençóis de diversas cores, símbolos, flores...
3. Distribuir as frases pelas quatro tendas.
4. Aparelho de som com música de fundo, de preferência músicas orquestradas.

Desenvolvimento

1. Trabalho prévio: a equipe de coordenação fará uso da criatividade e preparará quatro tendas na sala. Estas poderão receber nomes, cores, símbolos e enfeites sugestivos, e uma das frases abaixo sugeridas será colocada em destaque: visível e legível para todos os participantes. Este trabalho poderá ser assim:

– Tenda da TOLERÂNCIA, cor azul... – *"Três pessoas se ajudando fazem tanto quanto seis sozinhas"* (Provérbio espanhol).

– Tenda da PAZ, cor branca, lenços... – *"O trabalho que escolhemos nunca é pesado"* (Provérbio italiano).

– Tenda da ESPERANÇA, cor verde, sementes... – *"O mendigo não tem nada, o pobre tem muito pouco, o rico tem bastante, mas ninguém tem o suficiente"* (Adágio americano).

– Tenda do MISTÉRIO, cores diversas, perfume... – *"Espere escurecer antes de elogiar o dia"* (Adágio francês).

2. Depois desta preparação, que acontecerá antes mesmo de começar a Dinâmica propriamente dita, o coordenador explicará aos participantes alguns passos da reflexão, tais como:

a) Haverá uma música de fundo. Enquanto isso, todos caminharão pela sala, lerão as frases que estão em cada uma das quatro tendas, tentarão "escutar a sabedoria e a força de cada uma", escolherão uma frase – que mais toca o coração ou com a qual mais se identificam – e permanecerão junto à tenda onde está a frase.

b) Formar-se-ão grupos nas tendas a partir das identificações com as frases. Se em determinada tenda estiverem muitas pessoas, é bom subdividi-las em grupos menores, para favorecer uma partilha mais qualificada e para conciliar o tempo com outras tendas onde haja menos pessoas.

c) Os participantes de cada tenda farão uma partilha que poderá ter como pano de fundo:

– Uma rápida apresentação dos presentes, caso não se conheçam.

– Quais foram as razões que os levaram a escolher esta frase?

– Qual a relação da frase com a vida cotidiana?

– Quais as lições ou mensagens que desejam levar para o dia-a-dia?

– Que outras frases a frase escolhida sugere?

– Preparar outras questões.

d) Depois de um tempo de partilha, a equipe de coordenação retira a primeira frase de cada tenda e coloca uma outra – ou estas já estarão na tenda, uma debaixo da outra. Os participantes são convidados a caminhar – em silêncio – pela sala e a escolher outra frase com a qual mais se identificam. Enquanto isso, pode-se colocar uma música de fundo. Formados os grupos por afinidade com a frase, propiciar um tempo de partilha.

e) E assim sucessivamente, de acordo com o aproveitamento de todos.

3. Favorecer um plenário para socialização das experiências vividas por todos:

a) O que foi fácil e difícil durante a dinâmica?

b) Qual foi a frase que mais tocou o coração dos participantes?
c) Com qual tenda cada um mais se identificou. Por quê?
d) O que levam para a vida?
e) Fazer uma reflexão final sobre o nome das Tendas, dos símbolos, das cores...

4. É importante terminar bem o encontro. Cabe à equipe de coordenação dinamizar criativamente este momento conclusivo. Este poderá ser a partir:
a) De um momento de mística em cada tenda,
b) Da repetição de uma frase-força que anima a vida e a missão dos participantes,
c) Da recitação de um dos textos sugestivos: Anexos.
d) De outro jeito alegre de terminar bem a Dinâmica das Quatro Tendas.

Sugestão de Anexos (p. 109):
1. Quem encontrou um amigo...
5. Eu vou subir...
6. Passar pela vida...
7. Sentir...
10. Heróis invisíveis.

> "Paz é saber que todos os que me rodeiam se amam."
> Canísio Mayer

TEXTO

Frases sugestivas

Sabedorias a partir de PROVÉRBIOS

1) "Três pessoas se ajudando fazem tanto quanto seis sozinhas" (Provérbio espanhol).

2) "O trabalho que escolhemos nunca é pesado" (Provérbio italiano).

3) "O mendigo não tem nada, o pobre tem muito pouco, o rico tem bastante, mas ninguém tem o suficiente" (Adágio americano).

4) "Espere escurecer antes de elogiar o dia" (Adágio francês).

Orientações universais: LEIS DE OURO

1) "Se quer que seus méritos sejam reconhecidos, reconheça os méritos alheios" (Adágio oriental).

2) "Pense muito, fale pouco e escreva ainda menos" (Provérbio italiano).

3) "Nem todo olho fechado está dormindo" (Provérbio mineiro).

4) "Se teus projetos forem para um ano, semeia o grão. Se forem para dez anos, planta uma árvore. Se forem para cem anos, instrui o povo" (Provérbio chinês).

Frases sobre ATITUDES

1) "Não há saber mais ou saber menos, há saberes diferentes" (Paulo Freire).

2) "Tudo o que nos acontece traz experiência, ou desenvolve uma qualidade que nos faltava" (Sakarawa).

3) "Criticar é uma forma desonesta de se elogiar" (Will Durant).

4) "Quem tem imaginação, mas não tem conhecimento, tem asas, mas não tem pés" (Provérbio francês).

Frases sobre a VIDA
1) "O que torna belo o deserto é o fato de ele esconder um poço em algum lugar" (Saint-Exupéry).
2) "O pessimista queixa-se do vento. O otimista espera que ele mude e o realista ajusta as velas" (Willian George Ward).
3) "Pensa como pensam os sábios, mas fala como falam as pessoas simples" (Aristóteles).
4) "O tempo é minha matéria, o tempo presente, os homens presentes, a vida presente" (Carlos Drummond de Andrade).

Frases "CÔMICAS"
1) "Quanto mais a mulher olha para o espelho, menos olha para a casa" (Adágio francês).
2) "Do nascimento aos 18 anos uma garota precisa de bons pais; dos 18 aos 35, de boa aparência; dos 35 aos 55, de uma boa personalidade; e dos 55 em diante, de dinheiro" (Sophie Tucker – cantora americana).
3) "Quando eu era jovem ninguém tinha respeito pela juventude e quando envelheci ninguém respeitava a velhice" (Bertrand Russel).
4) "Quanto mais eu envelheço e caminho para o além, cada vez menos me importa saber quem dorme com quem" (Dorothy Sayers – escritora inglesa).

Frases de ESPERANÇA
1) "Feliz de quem entende que é preciso mudar muito para ser sempre o mesmo" (Mário Quintana).
2) "Nada te pertence mais do que os teus sonhos!" (Nietzsche).
3) "O amor é uma flor delicada, mas é preciso ter coragem de ir colhê-la à beira de um precipício" (Sthendal).

4) "O homem não morre quando deixa de viver, morre quando deixa de amar" (Charles Chaplin).

Frases em relação ao FUTURO
1) "Há duas maneiras de espalhar a luz: ser a vela ou ser o espelho que a reflete" (Edith Wharton).
2) "Se queres vencer na vida, consulta três velhos" (Provérbio chinês).
3) "Sal, fermento e hesitação é bom, mas em pequenas quantidades" (Sabedoria popular).
4) "Três pessoas se ajudando fazem tanto quanto seis sozinhas" (Provérbio espanhol).

Frases POÉTICAS
1) "A gratidão é a memória do coração" (Victor Hugo).
2) "Tempo rindo é tempo com os deuses" (Adágio japonês).
3) "Toda a tristeza dos rios é não poder parar" (Mário Quintana).
4) "Há muitos ecos no mundo, mas poucas vozes" (Sabedoria popular).

Frases de MARTIN LUTHER KING
1) "Se não puder ser um pinheiro no alto da montanha, seja uma touceira no vale. Mas seja a melhor touceira do sopé da montanha. Seja um arbusto, se não puder ser árvore."
2) "Se não puder ser rodovia, seja uma trilha. Se não puder ser o sol, seja estrela; não é pelo tamanho que se vence ou fracassa. Seja o melhor daquilo que você é."
3) "Mesmo que seu destino seja ser um varredor de rua, vá até lá e varra as ruas como Michelangelo pintava; varra as ruas como Handel e Bethoven compunham música; varra as ruas como Shakespeare escrevia poesia; varra as ruas tão bem a ponto de as hostes angélicas e terrenas serem obrigadas a parar e dizer: *aqui viveu um grande varredor de ruas que fazia um trabalho muito bem feito.*"

4) "O que me preocupa não é o grito dos violentos. É o silêncio dos bons..."

Frases sobre SONHOS (1)
1) "O homem faz de si a imagem de seus sonhos" (Helena Blavatski).
2) "Sonhos são como deuses; se não se acredita neles, eles deixam de existir" (Antônio Cícero).
3) "Sonhar é acordar-se para dentro" (Mário Quintana).
4) "Há quem diga que todas as noites são de sonhos. Mas há também quem garanta que nem todas, só as de verão. No fundo, isso não tem importância. O que interessa mesmo não é a noite em si, são os sonhos. Sonhos que o homem sonha sempre, em todos os lugares, em todas as épocas do ano, dormindo ou acordado" (Shakespeare, *Sonhos de Uma Noite de Verão*).

Frases sobre SONHOS (2)
1) "O futuro pertence àqueles que acreditam na beleza de seus sonhos" (Elleanor Roosevelt).
2) "Um sonho sonhado sozinho é um sonho. Um sonho sonhado junto é realidade" (Raul Seixas).
3) "Eu não estava querendo que meus sonhos interpretassem minha vida, mas antes que minha vida interpretasse meus sonhos" (Susan Sontag).
4) "Todas as grandes descobertas e invenções foram sonhos no início. O que se pressente hoje se realiza amanhã" (Hellmuth Unger).

Frases carregadas por uma SABEDORIA
1) "O bem não faz barulho e o barulho não faz o bem" (João Bosco).
2) "O discurso sobre Deus vem depois do silêncio da oração e do compromisso" (Gustavo Gutiérrez).

3) "O amor não se conforma com a injustiça, mas se alegra com a verdade. O amor desculpa tudo, suporta tudo, o amor nunca passará" (1Cor 13).

4) "Quando falares, cuida para que tuas palavras sejam melhores que o silêncio" (Provérbio indiano).

Frases para NOSSO SÉCULO

1) "Neste milênio, ou seremos místicos ou não seremos nada" (Karl Rahner).

2) "A única maneira de ter amigos é ser amigo" (Ralph Waldo Emerson).

3) "Quanto mais discussões você ganhar, menos amigos terá" (Adágio americano).

4) "O amor que damos é o único que preservamos" (Elbert Hubbard).

Frases sobre o AMOR

1) "Amar é querer estar perto, se longe; e mais perto se perto" (Vinícius de Moraes).

2) "Cada qual sabe amar a seu modo. O modo pouco importa: o essencial é que saiba amar" (Machado de Assis).

3) "Não há nada mais interessante do que a conversa de dois namorados quando estão calados" (A. Tournier).

4) "O verdadeiro amor nunca se desgasta. Quanto mais se dá mais se tem" (Saint-Exupéry).

"O mundo é grande e cabe nesta janela sobre o mar.
O mar é grande e cabe na cama e no colchão de amar.
O amor é grande e cabe no breve espaço de beijar."
Carlos Drummond de Andrade

2. Dinâmica dos Namorados

Objetivos
Levar as pessoas – que estão namorando ou que se preocupam com a busca sincera do amor – a uma reflexão sobre motivações que podem estar em jogo numa relação a dois. Afinal de contas, são estas o motor e as asas numa relação amorosa.

Quer levar as pessoas – individualmente ou em grupos – a se debruçarem sobre o que de fato pode constituir uma verdadeira relação de amor entre duas pessoas livres.

Intenções
Sem dúvida que um dos momentos mais marcantes na vida de muita gente é o tempo do namoro. Afinal, é um tempo de muita vida, tempo de muitos sentimentos, reflexão, ponderações, renúncias, opções, intensidade, mistério, buscas, diálogo, vivências...

Hoje percebemos muitas situações ditas de namoro, porém, não o são. Uma árvore é boa quando produz frutos bons. Se numa relação a dois os frutos forem de dependência, dominação, necessidade, não respeito, não aceitação do diferente... isto é sinal claro de um amor manco, de um amor que tem mais cara de busca de si mesmo. Afinal, o amor coloca o outro como mais importante do que a si mesmo, sem com isso se diminuir. Ao contrário, é na sadia relação com o diferente que somos capazes de nos encontrar como únicos. O verdadeiro amor traz consigo a liberdade crescente dos dois envolvidos numa relação de amor. Caso contrário, não é amor.

A questão de fundo que perpassa a presente dinâmica é: o que é, de fato, amar alguém?

Público alvo
Casais de namorados.
Grupos de jovens, estudantes, educadores...

Número de participantes
Quanto menor o grupo, maiores são os frutos, mais qualitativa é a participação.

Propondo material
1. Material para escrever.
2. Ter à disposição na sala símbolos que dizem respeito ao namoro.
3. Fazer cópias a todos os participantes, do texto: *"Algumas razões por que te amo"*.

Desenvolvimento: Cinco passos
Seguem cinco passos que podem sugerir outros momentos possíveis no tocante à vivência desta dinâmica.

Primeiro passo: Aquecendo os motores do amor (em plenário)

1. Acolher os presentes, de forma carinhosa e verdadeira. Prever, se possível, um pequeno símbolo para todos, à medida que forem chegando: uma flor ou outro símbolo de ternura, de paixão...

2. Motivá-los para a importância da presente dinâmica.

3. Apontar possíveis passos que serão dados durante a dinâmica, na qual se deseja refletir sobre o verdadeiro sentido de amar e de ser amado.

Segundo passo: Retomar a vida (em pares)

1. Uma maneira de mergulhar na temática aqui proposta poderá ser a partir da realidade dos participantes, isto é, o que eles conhecem, vivem, ouvem, sentem... no tocante ao amor, no tocante a uma relação de duas liberdades.

2. Para tanto, seria interessante convidar os presentes para a formação de pares – duplas – para uma conversa franca e alegre sobre o tema do encontro.

3. Formados os pares, a equipe coordenadora proporá três ou mais questões para uma partilha nas duplas. As questões poderiam ser estas e/ou outras:
a) Para você, é mais fácil amar ou ser amado? Por quê?
b) O que você aprendeu – até o momento presente de sua vida – em relação ao amor? O que você gostaria de partilhar sobre sua vida de amor?
c) Em que aspectos é visível a falta de amor em nossos dias? E quais são os sinais para se saber se existe amor verdadeiro ou não?
d) Partilhe sobre três pontos ou atitudes importantes, capazes de despertar uma história de amor.
e) Você acredita que o amor é eterno ou que ele é eterno enquanto dura? Como?
f) Qual a diferença entre sentir atração, gostar e amar alguém?

4. Deixar um tempo para a partilha em pares. Esta poderá acontecer ao ar livre, em contato com a natureza...

5. Lembrar aos pares que, no final da partilha, escolham um aspecto da conversação que gostariam de socializar com o grupo maior.

Terceiro passo: Socializar (em plenário)

1. Neste momento seria interessante, aos que o desejarem, partilhar algo do que foi partilhado nos pares.

2. Delimitar o tempo para este momento de partilha.

Quarto passo: Razões para um grande amor (em pequenos grupos)

1. Depois de um tempo de partilha em plenário, chega o momento de um mergulho mais profundo sobre a temática do amor.

2. O grupo é subdividido: no máximo 4 em cada grupo.

3. Estes terão quatro momentos de reflexão:

Primeiro momento: Os participantes dos grupos refletirão e anotarão sobre possíveis razões para se amar alguém. Trata-se de pensar e escrever os motivos e razões que podem levar alguém a amar alguém. Aqui é importante anotar tudo o que for aparecendo no grupo. O grupo elencará todas as razões capazes de levar uma pessoa a amar uma outra pessoa.

Segundo momento: Depois de um momento de reflexão sobre o primeiro momento – em torno de 20 minutos – a equipe coordenadora fará chegar aos grupos o texto abaixo: *"Algumas ra-*

zões por que amo você". Os grupos terão mais uns 20 minutos para a leitura e reflexão das razões aqui apresentadas. Poderá haver um debate nos grupos, a partir do texto.

Terceiro momento: A partir do que foi refletido no primeiro e no segundo momentos, os participantes farão uma síntese que seja um retrato vivo daquilo que pensam sobre as razões para se amar alguém. Aqui é importante que alguém organize tudo o que o grupo for refletindo.

Quarto momento: Este momento é tão importante quanto os três anteriores, pois é importante resgatarmos a grandeza e a riqueza dos trabalhos em equipe. Aqui o grupo, além de fazer uma síntese das razões de se amar alguém, também as colocará numa ordem de importância, isto é, qual a razão mais importante para se amar, qual a segunda, a terceira, e assim por diante.

Quinto passo: As razões do grupo (em plenário)

1. Caberá à equipe coordenadora encontrar um jeito criativo e envolvente de apresentação do trabalho feito em pequenos grupos.

2. Aqui também será importante ter consciência do tempo disponível para a socialização dos trabalhos feitos em grupos.

3. O que não pode fugir neste passo conclusivo da dinâmica é a clareza sobre o que se quer com ele. Diante desta preocupação, os encaminhamentos poderão ser:
a) Uma simples apresentação daquilo que foi refletido nos grupos.
b) Uma apresentação do trabalho em grupos e a anotação de todas as razões que os grupos apontaram.

c) Uma terceira possibilidade seria interessante admitir e trabalhar: apresentação das razões elencadas nos grupos e a escolha – agora pelo grupo grande – das dez razões mais importantes para amar verdadeiramente alguém. Aqui haverá um envolvimento dos participantes, sobretudo nas ponderações a favor e contra as razões elencadas. Este trabalho é aconselhável, pois, além de fazer pensar, desperta um espírito de participação, de tolerância, de renúncia de opiniões formadas, de trabalho em equipe...

4. Caberá à equipe coordenadora dar os encaminhamentos finais do encontro:

a) O que será feito com o trabalho final das dez razões por que amo você? Será feito um tipo de "decálogo do amor" e afixado na sala de encontros ou distribuído a todos os participantes? O importante é terminar bem.

b) Fazer uma avaliação do encontro: da temática refletida, da participação dos presentes, da metodologia adotada...

Sugestão de Anexos (p. 109):
2. No ritmo do amor.
3. Viver é...
6. Passar pela vida...
7. Sentir...
11. Frases motivacionais.

> "Não há nada mais interessante do que a conversa de dois namorados quando estão calados."
>
> Tournier

TEXTO

Algumas razões porque amo você

> "No amor ocorre o paradoxo de dois seres se tornarem um, mas continuarem a ser dois."
> Erich Fromm

1) Amo você porque você é bastante semelhante e muito diferente de mim. Semelhança esta que une e diferença que enriquece.

2) Porque reservei tempo para aprender a mergulhar num duplo movimento: conhecer sua pessoa e dar-me a conhecer: não como fui nem como gostaria que fosse, mas como sou: movido por sonhos, esperanças, buscas e condicionado por limites, fraquezas...

3) Porque você é o que é: pessoa não opaca, mas alguém que se revela e, ao mesmo tempo, continua sendo mistério: possibilidade, sempre nova, de um mergulho em seu coração.

4) Porque você tem qualidades, limites e sonhos. As primeiras fazem a vida mais leve. Os limites me dão razões e oportunidades reais de fazer o meu amor autêntico. E os sonhos nos fazem caminhar, prosseguir, buscar... querer chegar.

5) Amo você porque esta é a experiência mais gostosa da vida. Ela me faz feliz e livre. Somente um amor verdadeiro nos faz verdadeiros, livres, com e para os demais.

6) Porque nada nos escapa de um diálogo franco, solidário e sincero. Sinto que será um prazer conversar com você até os dias derradeiros de nossa vida.

7) Porque sinto que mergulhados na vivência do amor nos libertamos sempre mais: o amor não tira sua liberdade nem faz com que você seja posse minha. Voamos por horizontes novos sem estarmos amarrados um ao outro.

8) Porque somos capazes de olhar em nossos olhos: de olhar no coração, de sentir emoções, de olhar para trás e para a frente... de olhar para o mesmo horizonte e regar um sonho comum.

9) Porque o conhecimento recíproco nos conduziu a perceber que existe em nós um mesmo projeto de vida. Estamos com um olho voltado um para o outro e o outro olho voltado para uma mesma direção.

10) Amo você porque você entende e concebe a vida como um todo, onde há opções a serem tomadas, prioridades a serem assumidas e momentos gratuitos a serem vividos.

11) Porque você também é capaz de dar um tempo ao tempo, um tempo ao lazer, à família, aos compromissos, aos amigos, ao cultivo individual... a tudo o que faz a vida ser interessante.

12) Amo você porque você é uma pessoa. Amo e gosto de você. Amo a pessoa. Gosto do físico, de sua formação e profissão, dos bens, da casa...

13) Porque somos dois corações que pulsam num mesmo ritmo, duas almas que se abraçam e dois espelhos que fazem com que nos encontremos reciprocamente.

14) Porque, também você, acredita numa força maior que nos escapa, que favoreceu nosso primeiro encontro, que nos capacita continuamente a experiência mais libertadora que é o amor.

15) Porque temos consciência de que o amor é uma caminhada feita por duas liberdades, duas pessoas inacabadas, duas pessoas em constante busca. Nesta conquista cotidiana do amor existem altos e baixos, encontros e desencontros, alegrias e tensões salutares... dinamismo de busca, desejos.

16) Amo você porque o amor entre nós dois é gratuito. Amo você pelo simples fato de amar: isto é importante, isto basta, isto é tudo.

> "Não devemos dizer *eu te amo* a não ser quando realmente o sintamos. E, se sentimos, então devemos expressá-lo muitas vezes. As pessoas esquecem de dizê-lo."
> Jéssica, 8 anos

3. Dinâmica dos Dilemas

Objetivos
Provocar momentos de conversação, troca de idéias, ajuda mútua, debates sobre diversas situações da vida.
Cultivar ou criar a capacidade de enfrentar situações difíceis, saber falar sobre elas, escutar os outros, ponderar, discernir...

Intenções
Nosso tempo é caracterizado por diversas curiosidades. Uma delas é o fato de as pessoas conversarem sempre menos. Os encontros familiares, entre amigos, tornam-se difíceis. Ou, quando acontecem, o tempo exerce uma pressão. Faltam-nos momentos de encontros, momentos de convivência, momentos de gratuidade.
Cabe aos educadores, pais, lideranças diversas provocar esses momentos de encontro.
A Dinâmica dos Dilemas sonha com atitudes fundamentais que fazem cada pessoa ser protagonista de seu viver. É preciso ressuscitar a grandeza do ser humano, confiar nele. É preciso confiar na pessoa enquanto sujeito da vida e da história humana.

Público alvo
Estudantes do Ensino Médio e Superior.
O público ideal desta dinâmica são os adolescentes, jovens e adultos. Podem pertencer a grupos diversos como também ser estudantes.

Número de participantes
Não existe limite, pois haverá diversos momentos de trabalho em pequenos grupos.

Propondo material
Cópia das situações abaixo relacionadas e/ou outras.

Desenvolvimento
São diversas as formas de se movimentar esta dinâmica. Caberá à equipe coordenadora discernir o melhor para cada grupo de trabalho.

Eis uma maneira simples de aprofundar o que se quer neste trabalho:

1. A divisão de grupo em pequenas equipes – de cinco pessoas em cada grupo.

2. Todos recebem uma folha das situações abaixo relacionadas ou outras situações, conforme a realidade dos participantes.

3. Cada grupo se debruçará sobre uma ou duas situações:
a) Ler e entender a situação;
b) Trazer outros exemplos parecidos de conhecimento dos participantes;
c) Pensar saídas diante dos dilemas presentes nas situações;
d) Pensar um jeito criativo de apresentar ou representar a situação aos demais participantes.

4. Delimitar um tempo para o trabalho nos grupos. Conforme o discernimento da equipe coordenadora, esse tempo poderá ser maior ou menor, conforme o número de situações que forem dadas a cada grupo.

5. Depois do trabalho grupal, favorecer um bom momento para a apresentação dos trabalhos e para um debate sobre eles.

6. As situações aqui elencadas podem servir para vários encontros de formação.

Sugestão de Anexos (p. 109):
3. Viver é...
5. Eu vou subir
8. Apesar de...
9. O sabor da sabedoria
10. Heróis invisíveis.

> "Não há nada de nobre em sermos superiores ao próximo. A verdadeira nobreza consiste em sermos superiores ao que éramos antes."
> Sabedoria popular

Situação Príncipe Encantado

"Sou uma jovem de 20 anos. Desde criança sonhei com meu príncipe encantado: corpo sarado, olhos lindos, situação financeira bem resolvida... Faz quatro anos que encontrei esse sonho. Começamos a nos encontrar e agora já faz três anos que estamos juntos, namorando. Foi tudo maravilhoso, nunca discutimos, nunca tivemos problemas, atritos... Porém, o pior de tudo aconteceu nesta semana. Descobri que ele ficou com uma outra garota. Estou desesperada e não sei o que faço!"

Situação efeito

"Raramente falo de mim. É mais fácil falar dos outros que de si mesmo. Porém, estou fervilhando em meu íntimo e me pareço com uma panela de pressão. Sinto-me num labirinto sem saída. Faz dois anos que uso drogas. Por quê? Não sei. Com as drogas me permiti muitas outras coisa que nunca foram valores para mim, como por exemplo, desrespeito aos pais, frieza com meus irmãos, uso de certas meninas como objeto de satisfação... Até que gostaria de sair das drogas, mas estou preso aos amigos que me levaram a esse mundo. Que devo fazer?"

Situação desejosa
"Sou um jovem bastante revoltado. Sinto medos, resistências em muitos campos de minha vida (no colégio, na família, com os amigos, com pessoas do sexo oposto, na vida social...). Gostaria de ser uma pessoa mais livre, mais integrada, mais verdadeira, mais humana. Facilmente me culpo de não ter tempo para determinadas coisas importantes. Não consigo seguir meus valores, minhas convicções... estou muito preso às opiniões dos amigos. Estou preocupado com meu futuro, com meus valores, minhas relações com as pessoas. O que faço?"

Situação revoltante
"Já faz uns três meses que vivo numa inquietação que prejudica até meu sono. Quanto mais trabalho com pessoas excluídas de minha região, mais sinto revolta. Cheguei a pensar em tomar atitudes radicais contra certos governantes, líderes comunitários, Igreja... Não entendo o porquê de tanta fome! O porquê de tantas injustiças, desemprego, violência! Como Deus permite tudo isto! Por que Ele não intervém? Parece que Ele está muito indiferente em relação a tantos problemas! Qual é minha responsabilidade nisso tudo? Que devo fazer? Como envolver as pessoas por uma vida mais digna para todos?"

Situação ambígua

(Jovem de 23 anos, sem namorado, filha única...) "Nossa, você nem imagina como estou precisando deste momento para falar com alguém que me escute! Ufa! Gostaria de falar sobre duas coisas que estão mexendo muito comigo. Primeiro: estou desempregada e não tenho perspectivas de emprego, e isto me preocupa como também preocupa minha família, pois o dinheiro lá em casa anda curto. Segundo: estou tendo dificuldades com meu pai. Ele está tendo umas atitudes muito ambíguas, estranhas, sobretudo depois que me tornei moça. Sinto que meu pai pensa que eu sou propriedade dele. Ele acha que vai me perder... para um namorado? Que saídas existem para mim em relação a esses dois problemas?"

> "Se você precisar engolir um sapo, não o encare por muito tempo."
> Connie Hilliard

4. Dinâmica das Expressões

Objetivos
1. Perceber o tipo de relações com os outros;
2. Romper bloqueios que atrapalham a comunicação;
3. Buscar uma auto-estima justa e equilibrada;
4. Fazer uso da riqueza que existe nas expressões diversas e criativas de nosso corpo para entrar em comunicação.

Intenções
O ser humano não consegue viver sem estar em relação, em comunicação. Nós nos encontramos como únicos na relação com os outros.

Trata-se de uma dinâmica que, além de ajudar a quebrar o gelo e criar um clima de confiança entre os participantes, é um bom espaço para refletir sobre questões importantes da vida. É um momento de cada um se ver como é e reage diante de diferentes situações da vida cotidiana.

Público alvo
Grupos de jovens, adolescentes, estudantes...
Público variado.

Número de participantes
Não existe um limite.
Caso o número for muito grande, exigirá melhor preparação da equipe coordenadora.

Propondo material

1. Prever um aparelho de som, caso se faça uso de músicas e poemas, como sugere a própria dinâmica.
2. Prever cópia dos textos abaixo sugeridos.
3. Criar um ambiente aconchegante, agradável, com símbolos que tenham a ver com a presente dinâmica.

Desenvolvimento: Seis situações da dinâmica

Uma dinâmica começa antes de sua vivência propriamente dita. Pois a preparação e sobretudo a acolhida carinhosa e sincera de todos os participantes é fundamental. Esta dinâmica segue e sugere seis situações que poderão ser alteradas, tendo em vista o tipo de participantes, suas expectativas e necessidades. Cabe à equipe coordenadora preparar bem o que for melhor.

Primeira situação: Formação de pares

Cada participante escolhe um par, fica diante dele. Dão-se uns dois minutos para criar os movimentos das situações que seguem. Enquanto isso, o parceiro tentará imitar todos os movimentos sugeridos. Aqui é importante sempre variar em quem cria os movimentos – usando de muita criatividade – e quem os imita.

1. Preparar, fazer, servir, degustar um café. Todos se movimentam pela sala, fazendo uso de toda a criatividade nos gestos, na expressão do rosto, nos movimentos...

2. Escolher um CD, ligar o aparelho, colocar o CD e dançar a música preferida.

3. Levantar e arrumar a cama. Abrir as janelas, ajeitar os calçados, o armário...

4. Criar outros movimentos interessantes e que favoreçam um clima de bem-estar entre todos. Pode-se mudar de parceiro depois de cada criação de movimentos.

Segunda situação: Todos sentados em roda
Os participantes estão sentados em roda. Seguem as orientações do coordenador a partir de situações aqui sugeridas ou de outras.

1. Abrir a porta, entrar, sentar-se, ligar o motor, sair dirigindo um carro. Esta representação também poderá ser feita na sala, deixando livres os movimentos dos participantes. Aqui é importante ter presentes os dissabores do trânsito: engarrafamento, barbeiragens, farol que demora a abrir, pessoas estressadas... Ter presentes os movimentos com os pés e as mãos, os barulhos que serão reproduzidos pelos participantes – ronco dos motores, buzinas... – e situações que possam acontecer no trânsito.

2. Todos no mesmo barco. Os participantes imaginam-se sentados em pares, um atrás do outro, como num barco. Fecham os olhos e usam a imaginação. Alguém coordenada estes passos e/ou outros, usando de muita criatividade:

a) Todos se imaginam sentados num barco, cada um com um remo nas mãos.
b) Imaginar-se sobre um rio bastante agitado. O barco com seus tripulantes movimenta-se de acordo com o movimento das águas.
c) Imitar o remar na correnteza do rio. Depois, este movimento poderá ser calmo, sem correnteza.
d) Cria-se uma situação – encaminhada antes da dinâmica – em que alguém cai fora do barco. Deixar para a criatividade e solidariedade do grupo o que fazer para salvar essa pessoa.
e) Depois o remar continua...
f) Chegam a um vilarejo. Encontram um grande amigo. Abraçam carinhosamente essa pessoa que os aguardava.

Terceira situação: Todos circulando pela sala
Todos vão circulando pela sala. O coordenador cria situações que serão interpretadas pelos participantes, tão logo ele falar "valen-

do". Todos tentarão vivenciar a situação, colocando-se na pele e no lugar da pessoa que está passando por ela. Eis algumas sugestões:

1. Pessoa com sérios problemas com seu melhor amigo.

2. Situação em que os pais estão se separando. O que se passa no coração de um filho?

3. Adolescente tentado a entrar no mundo das drogas. O que se passa com ele?

4. Jovem que brigou com seu amor. O que acontece num caso desses? Como isso poderá ser representado?

5. Criar outras situações de acordo com a vida e situação dos participantes.

6. Outra situação que poderá ajudar a desbloquear os participantes é colocar uma música que toque seus sentimentos. Enquanto ela é tocada, todos representam com o corpo – dança, gestos ou outras maneiras – o que a música lhes sugere.

7. Ver-se e imitar-se, praticando o esporte preferido. Usam o espaço físico da sala.

8. Ver-se e imitar-se no pós-banho: perfumes, cremes... modo de se vestir... movimentos que faz diante do espelho...

9. Imaginar-se numa feira-livre com frutas, verduras ou outros produtos para a venda... como cada um atrairia os passantes para comprar os produtos.

10. Imaginar-se num estádio de futebol, numa cabine de transmissão. Cada um tem um microfone na mão e vai narrar com vibração e emoção o jogo entre duas equipes rivais... "Valendo".

Quarta situação: Música, poemas...

1. Outro modo pode ser a declamação de um poema. O poema de Osvaldo Montenegro, intitulado "Metade", é uma ótima sugestão para este momento. Todos escutam pela primeira vez e, num segundo momento, além de escutá-lo novamente, tentam expressá-lo com os mais variados e criativos movimentos.

2. Colocar algumas músicas com letras significativas que podem atiçar a criatividade dos participantes. Existem inúmeras músicas que poderão servir como referência para esse momento. Apenas para citar algumas: "O que é o que é", de Gonzaguinha; "Tocando em frente", de Renato Teixeira, e outros que a interpretam, entre tantas outras.

3. Ou tomar um texto que está em anexo.

4. Criar outras situações.

Quinta situação: Representação coletiva

Esta quinta situação deseja resgatar a grandeza de um trabalho em grupos, em pequenos grupos, de no máximo cinco pessoas.

1. Prever para cada grupo um dos textos abaixo sugeridos e/ou outros. Seria interessante sugerir a cada grupo um texto diferente.

2. Delimitar o tempo de trabalho em grupo, em torno de 20 minutos. O trabalho nos grupos consiste na:

a) Leitura e compreensão do texto recebido.

b) Reflexão sobre ele.

c) Criação coletiva de representação de algo que o texto diz ou sugere aos participantes do grupo.

d) Preparação final de uma expressão corporal, dança, jogral, cartaz, teatro ou outra forma de apresentação aos demais membros dos outros grupos.

3. Favorecer um bom momento de apresentação das reflexões que foram feitas nos grupos.

4. Motivar a todos para que não se preocupem demasiadamente com suas apresentações, mas em tirar proveito daquilo que os outros grupos prepararam.

5. Deixar um espaço para pequenas ponderações e reflexões após as apresentações de cada grupo.

6. Cabe à equipe coordenadora terminar bem este momento de reflexão e de criatividade.

Sexta situação: Interpretação e avaliação

1. Este momento é tão importante quanto os anteriores. É importante levar os participantes para uma interpretação e avaliação do processo percorrido até aqui:

a) Interpretar o caminho feito na dinâmica: o que foi bom ou menos bom? O que ajudou e prejudicou o andamento dos trabalhos? O que poderia ter sido melhor?

b) Qual a relação dessa dinâmica com a vida cotidiana?

c) O que você leva consigo a partir dessa dinâmica?

2. Na avaliação podem-se considerar muitos aspectos, como:

a) O modo como todos participaram das situações sugeridas.

b) Avaliar o tempo disponível, espaço físico, preparação da dinâmica...

c) Caberá à equipe coordenadora encontrar o melhor jeito de fazer uma saudável avaliação.

Sugestão de Anexos (p. 109):
4. Amigos...
6. Passar pela vida...
7. Sentir...
8. Apesar de...
9. O sabor da sabedoria.

> "A Esperança é algo que traz o sol às sombras de nossas vidas.
> É nosso vínculo com um amanhã melhor.
> Quando a esperança se vai, também se vai nossa força vital.
> Enquanto a esperança permanece viva,
> também permanece nossa determinação de prosseguir."
> Yitta Hallberstam

5. Dinâmica dos Símbolos

Objetivos
1. Mergulhar no mistério da vida.
2. Perceber os pensamentos, sentimentos, presenças, desejos...
3. Transcender a vida presente.

Intenções
É bom saber que somos um mistério de constante revelação. Não conseguimos nos esgotar nem esgotar uma pessoa. Quanto mais mergulhamos no coração do outro, mais queremos crescer em profundidade. Sou e somos mistérios – e não misteriosos –, o que torna a vida bonita, surpreendente, excitante, alegre... busca diária e persistente.

Os símbolos são outra mediação interessante para uma aventura diferente para dentro de nosso eu mais profundo.

Público alvo
Esta dinâmica não tem público alvo especial. Pode-se dizer que é uma dinâmica adaptável às diversas idades. O que varia é o modo de captar e deixar ressoar a simbologia em cada participante.

Número de participantes
Não existe limite. Quanto menor o número, maior é a possibilidade de se personalizar uma reflexão.

Propondo material
1. Uma mesa de centro.
2. Os símbolos abaixo sugeridos e/ou outros.
3. Cópia a todos os participantes de um dos textos abaixo sugeridos.

Desenvolvimento: **Três momentos**
A dinâmica poderá ser vivenciada em diversos momentos. Caberá à equipe coordenadora discernir e adotar os momentos mais condizentes ao grupo de participantes.

Primeiro momento: Reflexão individual
1. Cada participante deverá pensar em sua vida, tentar percebê-la, avaliá-la, examiná-la. Para isso podem ajudar algumas perguntas, como:

a) Quais foram as três **experiências** mais marcantes em minha vida?

b) Quais os **pensamentos** que mais têm ocupado meu dia-a-dia nesses últimos tempos?

c) Quais são minhas **preocupações** no momento atual de minha vida?

d) Qual tem sido o **sentimento** predominante em mim nestes últimos dias?

e) Quais são as **pessoas** que têm participado mais fortemente em minha vida?

f) Como está minha **relação** com os outros, com os bens, comigo mesmo, com Deus?

g) Quais estão sendo as **esperanças**, sonhos, desejos que alimento em minha vida?

Estas perguntas poderão ser refletidas no decorrer da semana que precede o encontro. Seria bom que os participantes anotassem as respostas. Caso isso não seja possível, reservar um momento da dinâmica para refletir sobre estas perguntas. Delimitar um tempo para esta reflexão.

As respostas dadas às perguntas ficarão de molho e partir, logo em seguida, ao segundo momento da dinâmica...

Segundo momento: Identificar-se e partilhar

1. Deverá estar arrumado numa mesa, de preferência baixa, de forma que todos possam ver sua superfície. No chão deverão ser colocados vários objetos para servir de símbolos da vida.

Sugestão de símbolos:

- flores variadas
- galho seco
- caderno
- tênis
- pão
- corrente
- papel em branco
- garrafa de cachaça
- pedras
- água
- mochila
- livros
- cordas
- cartas de baralho
- facas, garfos e colheres
- terra
- gravuras
- peças de roupa
- recortes de jornal
- revistas
- espelho
- flor murcha
- molho de chave
- velas
- óculos
- relógio
- frutas
- folha seca
- agendas
- seringa de injeção
- prato com arroz e feijão crus
- imagem ou foto de Nossa Senhora
- broto de algum tipo de planta
- fotografias significativas
- brinquedos diversos
- aparelho de som
- telefone celular
- produto de maquiagem

2. O coordenador chamará a atenção para os objetos postos no chão.

3. Dirá que num encontro não levamos uma vida diferente da nossa. Não é a vida de outra pessoa, aquela que viveu há um ano ou aquela que irá acontecer no futuro. Não é também a vida ideal que sonhamos para nós. É a vida real, com preocupações, sentimentos, pessoas etc. Esta dinâmica não é algo que acontece fora de nossa vida, mas num momento especial, como é cada momento do viver.

4. Os símbolos, portanto, tentam expressar a vida de cada um. Assim cada pessoa poderá olhar os objetos que estão no chão e perceber aquele que mais se aproxima, num sentido simbólico, da realidade de sua vida no momento atual.

5. Todos podem circular em volta dos diversos símbolos que estão sobre o chão. Enquanto isso, pode-se colocar uma música de fundo.

6. Cada um apanha um objeto que tem a ver consigo.

7. Depois que todos tiverem apanhado o seu objeto, voltam para seu lugar. O coordenador motivará para que:
   a) Cada um apresente aos demais o símbolo que escolheu;
   b) Fale sobre as razões que o levaram a escolher esse símbolo;
   c) E ofereça sobre a mesa o símbolo que escolheu. E cada pessoa depositará seu objeto sobre a mesa, dizendo para o grupo seu significado e o que ele simboliza.

8. No final o coordenador conclui a dinâmica, chamando a atenção para o fato de que nossa vida é uma constante tarefa, que os símbolos podem ajudar a mergulhar mais fundo no mistério do viver...

Terceiro momento: Socializar
1. O grupo poderá ser subdividido em pequenos grupos – não mais de 5 em cada grupo – para uma partilha:

a) Sobre as questões que foram objeto da reflexão individual – primeiro momento.

b) Sobre a dinâmica da escolha de um símbolo.

c) Sobre outras questões que a equipe coordenadora considerar importantes.

2. Se houver espaço em meio à natureza, pode-se privilegiar um momento de reflexão individual a partir de um dos textos aqui sugeridos e/ou outros:

Anexo 5 – Eu vou subir...
Anexo 6 – Passar pela vida...
Anexo 7 – Sentir...
Anexo 9 – O sabor da sabedoria
Anexo 11 – Frases motivacionais.

3. Conforme a disponibilidade do tempo e do objetivo do encontro, pode-se favorecer um novo momento de partilha. Isto dependerá, essencialmente, do discernimento da equipe coordenadora.

4. Cabe a essa equipe usar de toda a criatividade para terminar bem este encontro.

> "Liberdade, liberdade, abre as asas sobre nós
> e que a voz da igualdade seja sempre a nossa voz!"
> Samba-enredo, Rio de Janeiro

6. Dinâmica da Criatividade

Objetivos
1. Trabalhar a sensibilidade, a capacidade de se colocar no lugar do outro, ter empatia, compaixão.
2. Desenvolver a capacidade da escuta e da criatividade.
3. Favorecer e criar um clima de confiança e de reflexão num encontro de pessoas.
4. Buscar o auto-conhecimento e o conhecimento do coração do(s) outro(s).
5. Desenvolver as diferentes formas de comunicação.

Intenções
Quais são os grandes anseios da humanidade? O que mais as pessoas precisam em nosso tempo, um tempo marcado com tantas correrias, indefinições, perplexidades, medos, fome...?

Em meio a tudo isso, existem pessoas tremendamente criativas, capazes de buscar alternativas até então nunca vislumbradas, de ultrapassar todos os obstáculos da vida cotidiana e lançar-se no mundo da esperança, do novo, do sonho... da utopia.

Nós, seres humanos, não só falamos com a boca, mas também com os olhos, os gestos, os movimentos, com o silêncio, com a criatividade...

Esta dinâmica deseja resgatar esta capacidade única, este sonho transformador, esta busca incessante.

Público alvo
Jovens, adolescentes e, dependendo das circunstâncias, pessoas adultas.

Alunos de diferentes níveis. Grupos variados.

Número de participantes
Não existe uma determinação precisa. O ideal é que não seja um grupo muito grande.

Propondo material
Aparelho de som com músicas apropriadas, de acordo com o grupo.

Desenvolvimento: Três passos

Primeiro passo: Explicar

1. O coordenador convida os participantes para se dirigirem ao centro da sala, sem nada nas mãos.

2. Motiva a todos para que entrem num processo de confiança, de fazerem uso da criatividade, de tentar colocar-se dentro da situação que será sugerida e de representá-la criativamente: fazendo uso das mãos, pés, olhos, cabeça, movimentos, voz...

3. A dinâmica acontecerá da seguinte maneira:

a) O coordenador convida os participantes para se dirigirem ao centro da sala.

b) Não levam nada consigo.

c) São convidados a caminhar, a circular – em silêncio – pela sala.

d) Enquanto isso, o coordenador propõe uma situação determinada ao grupo.

e) Deixará um pequeno tempo de intervalo para que possam mergulhar no clima da situação.

f) Quando falar "valendo", todos tentarão representar a situação, criativamente. Não se trata de representar para o grupo, mas tudo isso acontecerá ao mesmo tempo.

g) Deixará um tempo e depois falará: "Todos continuam circulando pelo centro da sala".

h) Propõe outra situação que será criativamente representada pelos presentes.

4. Este processo poderá ocupar um bom tempo, conforme o discernimento da equipe de coordenação.

5. Podem-se seguir vários modos na vivência desta dinâmica:

a) Se o grupo não se conhecer, seria bom começar com aspectos simples e de fácil imitação, criatividade. Desta forma, a confiança crescerá.

b) Se o grupo já tiver certa caminhada, a ousadia nas propostas de reflexão poderá ser maior.

c) Em suma, cabe à equipe de coordenação adaptar as propostas de acordo com a maturidade do grupo.

Segundo passo: Vivenciar

Aqui são sugeridos quatro níveis de vivência da Dinâmica da Criatividade.

Estes poderão ser alterados, substituídos ou adaptados.

Quatro níveis de vivência da dinâmica

• **Primeiro nível: Movimento físico**

1. O coordenador proporá algumas situações simples e elementares. Nelas, os participantes tentarão "vestir a camisa" e imitá-las criativamente.

2. Seguem algumas sugestões que podem ser alteradas conforme a realidade dos participantes:

a) Imitar criativamente um jogador que está se aquecendo antes do início de um jogo, seja de futebol, vôlei, tênis, natação, ou outro.

b) Imaginar uma pessoa pescando à beira de um lago, rio ou mar. Imitar criativamente os movimentos de um pescador: preparando o anzol, modo de jogá-lo na água, movimentos, modo de reagir diante de um peixe, modo de puxar...

c) Sentir-se no meio de um grande centro urbano, com uma barraca de produtos para vender. Muita gente passa perto do vendedor. O segredo é a boa propaganda. Faça uma propaganda criativa.

d) Imitar uma pessoa em seu jeito de andar, gesticular, cantar, dançar...

e) Colocar-se no lugar de um(a) fofoqueiro(a). Como olha, o que diz, como fala... Ser criativo na imitação!

- **Segundo nível: Movimento introspectivo e retrospectivo**

1. Neste nível os participantes continuarão circulando pela sala.

2. O coordenador convida a todos para um olhar livre sobre o presente dia e cada um tentará imitar-se, isto é, reproduzir com criatividade todos os movimentos, modo de fazer, jeito de olhar... que teve neste último dia, por exemplo:

a) Modo de levantar da cama: espreguiçar, de trocar de roupa...

b) Movimentos da higiene pessoal: lavar o rosto, escovar os dentes, tomar banho...

c) Café da manhã e/ou almoço: modo de sentar, comer, gesticular...

d) Trabalhos feitos durante o dia: em casa ou fora, movimentos...

3. Cada participante escolherá alguns aspectos que tentará representar criativamente. O importante aqui é o fato de cada participante olhar-se, imitar-se sem moralismos nem autocondenação.

- **Terceiro nível: Movimento físico e moral**

1. O terceiro nível visa lançar a criatividade e o coração sobre os outros: pessoas, situações, desafios, dilemas.

2. Estes movimentos podem acontecer no mesmo espaço físico dos dois níveis anteriores ou em outro lugar, conforme o discernimento da equipe de coordenação.

3. Eis alguns aspectos que poderão ajudar a criar uma sensibilidade, empatia e solidariedade para com os outros:
a) Sentir e representar a alegria de uma pessoa que acaba de voltar de mais um trabalho social: voluntariado, serviço em comunidades, organizações não governamentais...
b) Colocar-se na pele de alguém que está com muita fome e não tem comida em casa nem dinheiro para comprar algo. Tentar representar fisicamente o que se passa no coração de alguém faminto.
c) Representar fisicamente o dilema de um jovem que está sendo quase coagido a entrar no mundo da droga. Como sente, reage e o que fará?
d) Analisar os sentimentos de um filho cujos pais vivem brigando e estão em vias de separação. Representar criativamente essa realidade.
e) Imitar de forma criativa os sentimentos de uma pessoa indignada com as guerras, com as ideologias dominantes, com o descaso, com o não respeito aos direitos humanos...
f) Colocar-se na pele de alguém que acaba de perder o amor de sua vida: separação. O que se passa na cabeça? Reações possíveis...

g) Representar com gestos a situação de uma pessoa desempregada que passou mais um dia em busca de possibilidade de trabalho. Como chega em casa, o que fala, como gesticula?

h) Sentir o que se passa no coração de um estudante que não passou de ano, que não sabe o que fará no ano seguinte...

i) Imaginar e representar com gestos o que se passa na cabeça do homem do campo que perdeu a plantação pela falta de chuva.

j) Representar o amor – ou não amor – existente entre os pais de cada participante, hoje. Criar movimentos que expressem os sentimentos vividos pelos pais.

k) Criar outras situações, conforme o objetivo do encontro.

- **Quarto nível: Movimento físico, moral, poético, místico...**

1. Este momento é, talvez, o mais singelo e mais gratificante. Trata-se de preparar previamente uma música – de preferência orquestrada – para um momento especial.

2. O coordenador convida a todos para este momento, pede para que se deixem tocar pela música e que expressem com o corpo – dança, gestos, movimentos... – o que a música provocar no coração de cada participante.

3. Aqui não se trata de representar, nem de imitar. O importante é viver, deixar-se tocar pela música, criar uma sincronia... uma sinfonia.

Passo final: Interpretar e avaliar

1. Existe uma relação estreita entre o encaminhar, vivenciar, interpretar e avaliar de uma dinâmica.

2. Aqui se trata de interpretar o que cada um vivenciou durante os diversos níveis da Dinâmica. Esta poderá ser em pequenos grupos, a partir de algumas perguntas, como:
a) O que mais lhe chamou a atenção nesta dinâmica?
b) O que foi fácil e o que foi difícil durante esta vivência?
c) Em qual dos níveis você sentiu mais dificuldades? Por quê?
d) Qual a relação desta dinâmica com sua vida e a vida em família e na sociedade?
e) Qual a lição que você leva para sua vida?
f) Propor outras questões.

3. Pode-se proporcionar um plenário para uma socialização das partilhas feitas nos grupos.

4. No plenário, não esquecer de fazer uma avaliação da dinâmica.

Sugestão de Anexos (p. 109):
1. Quem encontrou um amigo...
4. Amigos...
5. Eu vou subir...
6. Passar pela vida...
9. O sabor da sabedoria.

Para compreender o verdadeiro sentido da vida:
o escutar é mais importante que o falar,
a sensibilidade é mais salutar que a inteligência,
a vivência é mais transformadora que o saber,
a ternura é mais potente que o talento.
Canísio Mayer

7. Dinâmica das Frases

Objetivos
1. Levar as pessoas a pensar, refletir, estabelecer relações, dar sentido às coisas...
2. Recuperar a grandeza do diálogo, da partilha, do olhar para o outro...
3. Cultivar a importância da escuta, do esforço, da criatividade, do trabalho em equipe...
4. Exercer

Intenções
O ser humano condiciona e é condicionado, conduz e é conduzido, ensina e é aprendiz, é autônomo e dependente, é individual e grupal... É, também, ternura e seriedade, racionalidade e afetividade, compreensão e mistério, chegada e recomeço... Viver é mover-se nesta tensão salutar que torna o dia-a-dia interessante, vivo e dinâmico.

Esta dinâmica é uma afirmação positiva e corajosa de dizer que o verdadeiro amor é possível, apesar dos bombardeios contrários a esta vivência libertadora, que a possibilidade criativa de um grupo é mais saudável e frutuosa que as aventuras individuais de certas pessoas...

A vivência desta dinâmica testemunha este sonho-realidade, esta realidade-sonho.

Público alvo
Adolescentes, jovens e adultos.

Grupos diversos, isto é, gente que trabalha com gente. Estudantes do Ensino Médio e Superior.

Número de participantes
De 15 a 40 participantes.

Propondo material
1. Filipetas com algumas das frases abaixo sugeridas.
2. Papel, canetinhas, lápis de cor...
3. Coração de papel em tamanho grande, de um a dois metros de diâmetro.
4. Aparelho de som com música de fundo.

Desenvolvimento: **Três passos**

Primeiro passo: Reflexão individual

1. Acolher os participantes. Motivá-los para os passos da dinâmica.

2. Entregar uma filipeta a cada participante, com uma das frases abaixo sugeridas e/ou outras. A frase poderá ser igual para todos ou diferente, conforme o discernimento da equipe de coordenação. Abaixo seguem dois blocos de frases: sobre o AMOR e sobre a LIBERDADE. Neste último caso o desenho que ficaria no centro da sala poderia ser de uma ave ou outro que faça jus a essa temática.

3. Delimitar o tempo de reflexão individual – entre vinte e trinta minutos – para:
a) Refletirem sobre a frase recebida. Por exemplo, as frases de:
Saint-Exupéry: *"O amor não consiste em duas pessoas olharem uma para a outra; mas, olharem juntas na mesma direção".*
Charles Chaplin: *"O homem não morre quando deixa de viver, morre quando deixa de amar".*

b) Anotar em volta da frase todos os sentimentos que ela provoca no coração de cada participante.
c) Escrever todas as palavras, frases, imagens... que a mesma frase sugerir.
d) Buscar tirar proveito para a vida.

Segundo passo: Reflexão em pequenos grupos

1. Formar pequenos grupos – não mais do que cinco participantes em cada grupo – para uma partilha daquilo que foi importante na reflexão individual.

2. Delimitar um tempo em torno de trinta minutos. Neste tempo partilharão sobre o que cada um refletiu individualmente.

3. Depois escolherão, em grupo:
a) dois **sentimentos** que foram predominantes e característicos;
b) três **palavras ou frases** sugestivas em relação à frase refletida;
c) e duas **imagens** que retratam algo da frase recebida.

Terceiro passo: Plenário

1. Se a frase, ou as frases escolhidas forem sobre o Amor, a equipe de coordenação preparará um coração de papel em tamanho grande e o colocará no centro da sala, juntamente com material para escrever, desenhar...

2. Os grupos escreverão e desenharão, sobre o coração, o que foi a reflexão nos grupos. A criatividade é sempre bem-vinda! Enquanto isso, pode-se colocar uma música de fundo.

3. Terminado este momento, os participantes são convidados a contemplar o coração "recheado" de sentimentos, palavras, frases e imagens.

4. Pode-se propor um momento de partilha:
a) sobre o que cada grupo refletiu e externou sobre o coração de papel;
b) sobre a relação destas reflexões com a vida cotidiana;
c) sobre as lições que cada um leva para sua vida;
d) sobre outras questões.

Sugestão de Anexos (p. 109):
2. No ritmo do amor
3. Viver é...
5. Eu vou subir...
7. Sentir...
10. Heróis invisíveis.

TEXTO

Sugestão de frases sobre o AMOR

1) "O verdadeiro amor nunca se desgasta. Quanto mais se dá mais se tem" (Saint-Exupéry).
2) "Amai-vos uns aos outros como eu vos amei" (Jesus Cristo).
3) "Queremos ser iguais a Deus, mas nos esquecemos que Deus nos criou num momento de amor" (Lucas Augusto).
4) "Amor é o mesmo que delicadeza da alma" (Dante).
5) "Enquanto se ama, perdoa-se" (La Rochefoucauld).
6) "Quando fala o amor, a voz de todos os deuses deixa o céu embriagado de harmonia" (William Shakespeare).
7) Não é quando sofremos que nos parecemos mais com Deus, mas quando amamos.

8) "Com o amor ao próximo o pobre é rico, sem este amor, o rico é pobre" (Santo Agostinho).

9) "Cada qual sabe amar a seu modo. O modo pouco importa: o essencial é que saiba amar" (Machado de Assis).

10) "Uma sociedade só pode desenvolver-se bem se nela existir amor" (Lucas Augusto).

11) "O amor é uma luz que não deixa escurecer a vida" (Camilo).

12) "Nada é difícil para quem ama" (Cícero).

13) "O amor é o próprio Deus em nosso coração" (Creómenezes Campos).

14) "Na terra nasce o amor, no céu ele floresce" (Maciel Monteiro).

15) "A ausência diminui as pequenas paixões e aumenta as grandes, da mesma forma como o vento apaga as velas e atiça as fogueiras" (La Rochefoucauld).

16) "Não há surpresa mais maravilhosa do que a surpresa de ser amado" (Charles Morgan).

17) "O homem não morre quando deixa de viver, morre quando deixa de amar" (Charles Chaplin).

18) "Viver sem ter sentido um verdadeiro amor é ter deixado passar a vida sem viver" (Salviati).

19) "O amor sem esperança não tem outro refúgio senão a morte" (José de Alencar).

20) "Tudo o que o amor toca está salvo da morte" (R. Rolland).

21) "Ninguém pode fugir ao amor e à morte" (Públio Siro).

22) "O amor não consiste em duas pessoas olharem uma para a outra; mas, em olharem juntas na mesma direção" (Saint-Exupéry).

23) "Há sempre um pouco de loucura no amor e um pouco de razão na loucura" (Nietzsche).

24) "Onde há casamento sem amor, haverá amor sem casamento" (Benjamin Franklin).

25) "Nunca aconselhe alguém a ir para a guerra ou para o altar" (Provérbio espanhol).

26) "Amor e desconfiança não conseguem habitar a mesma casa" (Adágio americano).

27) "És responsável por aqueles a quem cativas" (Pequeno Príncipe).

28) "Espere escurecer antes de elogiar o dia" (Adágio francês).

29) "Os bons livros mantêm o sabor mesmo depois de mil leituras" (Sabedoria popular).

30) "Um coração apaixonado está sempre jovem" (Provérbio grego).

31) "Nada substitui a atenção" (Diane Sawyer).

32) "A vulgaridade começa quando a imaginação dá lugar ao explícito" (Doris Day).

33) "Quanto mais a mulher olha para o espelho menos olha para a casa" (Adágio francês).

34) "Ama e faze o que queres" (Santo Agostinho).

Sugestão de frases sobre a LIBERDADE

1) **Sou livre** enquanto houver no mundo uma pessoa que me ama e que eu amo.

2) Sou livre quando, em cada situação que enfrento, escolho não o que mais me agrada, mas o que mais dignifica e liberta.

3) Sou livre quando sinto o coração dos que estão em minha volta e olho em seus olhos, estendo as mãos, empresto a voz e caminhamos juntos.

4) Sou livre quando busco uma liberdade interior que me faz verdadeiro e livre.

5) **Ser livre** é não confundir o amar com o simples gostar.

6) Ser livre é colocar a primazia no "ser" e não no "ter".

7) Ser livre não é viver predestinado, mas fazer acontecer a vida.

8) Ser livre é reconhecer e fazer crescer a liberdade a minha volta.

9) **Somos livres** quando conciliamos ternura com compromisso.

10) Somos livres quando conciliamos fé com justiça.

11) Somos livres quando conciliamos bom humor com seriedade.

12) Somos livres quando conciliamos amor próprio com serviço.

13) Somos livres quando conciliamos liberdade com voar nas asas da vida.

> "A inteligência de uma equipe supera a soma das inteligências de seus membros."
> Peter Senge

8. Dinâmica dos Sonhos

Objetivos
1. Marcar um encontro com os sonhos e atitudes que movem os passos do ser humano.
2. Favorecer um trabalho em grupo, exercitando a participação responsável, a capacidade de ponderar argumentos, defender idéias, saber renunciar...
3. Viver a democracia dentro de um grupo.
4. Entrar em contato com frases iluminadoras e motivadoras da vida.

Intenções
O importante é nunca perdermos a grandeza e a coragem de ser pessoas co-responsáveis por tudo o que acontece a nossa volta e conosco.

A dinâmica vislumbra provocar um espaço de conversação, de debate, de argumentação em vista de uma vida mais saudável, vivida com maior prazer, motivação e sabor.

"Sonhar é acordar-se para dentro", diz nosso inesquecível poeta Mário Quintana.

Público alvo
Jovens, adultos.
Estudantes do Ensino Médio ou Superior.
Educadores, lideranças diversas.
Grupos variados.

Número de participantes
Não existe um limite.

Propondo material
1. Folhas e canetas.
2. Cópia para todos os participantes das "Frases sugestivas sobre os sonhos".

Desenvolvimento: Três passos

Primeiro passo: Reflexão individual e partilha

1. Motivar os participantes para uma reflexão individual sobre três questões:
a) Quais são os três maiores sonhos que você alimenta em sua vida?
b) Quais são os dois maiores sonhos de sua família?
c) Qual é o maior sonho em relação a seu trabalho?
2. Deixar uns vinte minutos e depois favorecer uma partilha no grupo sobre uma ou sobre as três questões.

Segundo passo: Trabalho em pequenos grupos

1. Formar pequenos grupos de, no máximo, cinco participantes.
2. Fornecer uma cópia do texto "Frases sugestivas sobre os sonhos" a todos os participantes, ou uma cópia para cada grupo.
3. O trabalho nos grupos consiste em quatro momentos:
a) Ler, com calma, todas as frases contidas no texto. Depois dessa primeira leitura, cada participante poderá partilhar no grupo:
- Sobre a frase que mais gostou ou que tem mais relação com sua vida.
- Sobre as razões da escolha desta frase.

b) Colocar, do lado de cada frase, atitudes, valores ou aspectos importantes da vida como um todo. Estes podem estar presentes nas frases, de forma explícita ou implícita. Trata-se de um exercício de reflexão, de participação e de criatividade. A interpretação faz parte do trabalho. Para exemplificar, na frase *"O importante é isso: Estar pronto para, a qualquer momento, sacrificar o que somos pelo que poderíamos vir a ser"*, de Charles Du Bois, pode-se descobrir e refletir sobre:

- A importância da disponibilidade para as novidades...
- A capacidade de renunciar e de até mesmo sofrer – sacrificar – em vista do novo...
- A necessidade de estarmos, constantemente, mudando...
- O sonho do novo, do inusitado...
- A atitude de liberdade diante do imprevisível, do amanhã...
- Entre outros...

c) O grupo colocará os três blocos de frases em ordem de importância, isto é, de acordo com as ponderações, razões a favor e contra, argumentos, enfim, de acordo com o discernimento de todos os membros do grupo. Vale lembrar que não existe uma seqüência correta ou falsa. Quem determina isto é o grupo e não alguém do grupo, e muito menos um sorteio.

d) O grupo refletirá e colocará os três blocos de frases, em grau de importância, na ordem de força e de valor que estes têm na vida do grupo. Aqui o importante é instaurar uma conversação e um debate sobre as razões desta escolha. O grupo também poderá apontar critérios para a escala de valores, como por exemplo:

- Se olhar para a realidade de minha família, a ordem seria...
- Se olhar para a realidade pessoal de cada um de nós, a ordem seria..

- Se olhar para nosso grupo, a escola, o trabalho, a ordem seria...
- Se olhar para meu bairro, região, estado, a ordem seria...
- E assim por diante...

Terceiro passo: Socializar a experiência do trabalho em grupos

1. O plenário deveria ser o espaço da socialização de tudo o que foi refletido nos pequenos grupos, a partir dos quatro momentos acima sugeridos.

2. Cabe à equipe de coordenação dinamizar este momento e fazer com que os participantes saiam do encontro motivados para a vida.

Sugestão de Anexos (p. 109):
3. Viver é...
4. Amigos...
6. Passar pela vida...
8. Apesar de...
11. Frases motivacionais.

> "Nada te pertence mais do que teus sonhos!"
> Nietzsche

TEXTO

Frases sugestivas sobre os sonhos

Bloco JARDIM

1) "Sonho com o dia em que a justiça correrá como água e a retidão como um caudaloso rio" (Martin Luther King).

2) "Fica estabelecida a possibilidade de sonhar coisas impossíveis e de caminhar livremente em direção aos sonhos" (Luciano Luppi).

3) "O charme da história e sua lição enigmática consistem no fato de que, de tempos em tempos, nada muda, e mesmo assim tudo é completamente diferente" (Aldous Huxley).

4) "O que é a vida sem um sonho?" (Edmond Rostand).

5) "O importante é isso: Estar pronto para, a qualquer momento, sacrificar o que somos pelo que poderíamos vir a ser" (Charles Du Bois).

6) "Quem disse que o preço dos sonhos é baixo?" (Débora Bötcher).

Bloco ARQUIPÉLAGO

a) "O ponto de encontro entre a criação artística e a vida vivida talvez esteja naquele espaço privilegiado que é o sonho" (Antônio Tabucchi).

b) "Sonhos são como deuses, se não se acredita neles, eles deixam de existir" (Antônio Cícero).

c) "Não corra atrás das borboletas; plante uma flor em seu jardim e todas as borboletas virão até ela" (D. Elhers).

d) "Não há nada como o sonho para criar o futuro. Utopia hoje, carne e osso amanhã" (Victor Hugo).

e) "O futuro pertence àqueles que acreditam na beleza de seus sonhos" (Elleanor Roosevelt).

f) "Sonhar é acordar-se para dentro" (Mário Quintana).

Bloco CONSTELAÇÃO

a) "Um sonho sonhado sozinho é um sonho. Um sonho sonhado junto é realidade" (Raul Seixas).

b) "O que antecipamos raramente ocorre; o que menos esperamos geralmente acontece" (Benjamin Disraeli).

c) "Não desejaríamos muitas coisas com ardor, se conhecêssemos verdadeiramente o que desejamos" (La Rochefoucauld).

d) "Sonhos são possibilidades esperando para se tornarem reais" (Carla Jolyn Carey).

e) "Uma das calamidades da vida é sonhar apenas quando estivermos dormindo... O homem mais pobre não é o homem sem dinheiro: é o homem sem sonhos" (Max L. Forman).

f) "Todas as grandes descobertas e invenções foram sonhos no início. O que se pressente hoje se realiza amanhã" (Hellmuth Unger).

"Eu não estava querendo que meus sonhos interpretassem minha vida, mas antes que minha vida interpretasse meus sonhos."
Susan Sontag

9. Dinâmica Mais do que Nunca

Objetivos
1. Reflexão individual e trabalho em grupos, sobre valores e contravalores.
2. Trabalho em equipe, exercício de busca de um novo jeito de ver e de viver valores em nossos dias.
3. Incentivar a capacidade e a criatividade de criar algo novo.
4. Levar os participantes a se sentirem sujeitos de seus valores, de suas ações e da própria vida.

Intenções
Aprofundando um adágio americano: "As pessoas superiores discutem idéias, as medianas, acontecimentos e as inferiores, pessoas", podemos dizer que pessoas distintas "vivem e testemunham valores". De fato, os valores são para nossa vida o que a comida é para o corpo, o ar para a respiração, a cor para os olhos, a sensibilidade para as mãos... os sonhos para o coração.

Pessoas sem valores fazem muito barulho ou vivem deprimidas. Estão condenadas ao fracasso, ao vazio, ao fechamento sobre si mesmas.

Hoje um dos grandes desafios das famílias, das escolas, das universidades, dos grupos sociais é a assimilação e o cultivo de valores libertadores, capazes de dar sentido e segurança à vida. Isto não é só responsabilidade dos educadores e dos pais, mas de todos.

Esta dinâmica pode servir para vários encontros, várias aulas... O mais importante não é simplesmente fazer a dinâmica como uma técnica, mas vivenciá-la para que ela possa produzir mais frutos na vida de cada participante. A pressa não é bem-vinda para quem trabalha com dinâmicas.

Público alvo
Grupos diversos: adolescentes, jovens, estudantes, adultos.
Lideranças cristãs ou não.
Reflexão individual.

Número de participantes
Não há limite. Pode ser um grupo pequeno, como também um grupo de muitos participantes, devido à reflexão individual e aos trabalhos em grupos.

Propondo material
1. Diversos tipos de papel, várias cores, papelão, arame... material para fazer um óculos grande.
2. Material para escrever, desenhar, pintar...
3. Cópia do texto abaixo: "Em busca de novos valores" para todos os participantes.

Desenvolvimento: **Dois passos**

Primeiro passo: Reflexão individual

1. Delimitar um tempo de reflexão individual. Dependendo do tempo disponível e do público, este poderá ultrapassar uma hora.

2. Na reflexão individual:
a) Todos lêem, com calma, as frases sobre os valores. Assinalam as sete frases que mais lhes chamam a atenção.

b) Sublinham as cinco frases diante das quais sentem resistência. Por que resistem?

c) Assinalarão, ao lado de cada frase, os valores e contravalores que estão em jogo. Por exemplo:

Na 3ª frase: *"As viagens ensinam a ver"* – perceber os valores (saber contemplar, ver, atenção...) e os contravalores (pressa, distrações, fechamentos...).

Ou, na 4ª frase: *"Quem anda em terra alheia pisa no chão devagar"*, os valores podem ser: o respeito, a sensibilidade, a capacidade de inculturação, de conhecimento... Pode acontecer que certas frases não tenham contravalores ou o contrário. Isto faz parte da dinâmica.

d) Construirão seu próprio crachá: tendo as iniciais do nome – escritas verticalmente – e atrás de cada letra:

- Escrever um valor ou uma atitude que lhe são característicos.

- Destes, sublinhar alguns que deseja cultivar mais de hoje em diante, conforme segue o exemplo:

C – calmo, carinho, capricho, **companheiro**...
A – atencioso, acolhedor, amável...
N – notável, **natural**...
I – indignado diante de injustiças, irmão...
S – simples, **sociável**...
I – incansável, irredutível...
O – **organizado**, observador...

Segundo passo: Trabalho em grupos

1. Formação de grupos, não mais de 5 em cada grupo.

2. Nos grupos podem acontecer dois momentos significativos, favorecendo um intervalo entre os dois.

1º momento: Partilha

Partilha sobre as reflexões que cada um fez no primeiro passo. Deixar um bom tempo para esta socialização e conhecimento recíprocos, a partir dos valores...

2º momento: Criação

Os grupos farão um trabalho coletivo a partir das reflexões até o momento. Construirão um ÓCULOS e um CORAÇÃO em tamanhos significativos. De acordo com o tempo disponível e o número de grupos, a equipe de coordenação poderá pedir que a metade dos grupos faça, cada grupo, um óculos. A outra metade fará corações.

A idéia de fundo é o sentido tanto dos óculos como do coração:

- Dos óculos, pois através de suas lentes vemos o mundo, as pessoas, as situações, desafios, novidades, problemas... Os participantes farão um óculos criativo, escrevendo sobre as lentes os valores, jeitos, modos, atitudes com os quais desejam ver o mundo de hoje.

- Do coração, pois nele sentimos, existimos, nos movemos... Os grupos farão um coração – com papel, jornal, flores, pedras... – e sobre ele vão escrever, desenhar, simbolizar o novo coração que desejam viver e assimilar melhor de hoje em diante.

Sugestão de Anexos (p. 109):
1. Quem encontrou um amigo...
6. Passar pela vida...
7. Sentir...
8. Apesar de...
9. O sabor da sabedoria.

> "Construa seu futuro antes que outros o façam."
> Joel Barker

TEXTO

Em busca de novos valores

1) "Ninguém é feliz sozinho. A única maneira de ser feliz é compartilhar com os outros o que temos" (Xothtl Calvez Ruiz – empresária mexicana).

2) "As grandes realizações não são fruto da força, mas da perseverança" (Sabedoria popular).

3) "As viagens ensinam a ver" (Provérbio africano).

4) "Quem anda em terra alheia pisa no chão devagar" (Sabedoria popular).

5) "Quem pára retrocede" (Nietzsche).

6) "A capacidade habilita o homem a chegar ao topo, mas é o caráter que o impedirá de cair" (Sabedoria popular).

7) "A sabedoria ensina quando resistir e quando ceder" (Adágio chinês).

8) O diabo também estuda teologia e nunca tira férias.

9) "Para atingir seus objetivos, o diabo é capaz de citar as Escrituras" (Shakespeare).

10) "É melhor um vício que diverte do que uma virtude que aborrece" (Sabedoria popular).

11) Confie em Deus e nas pessoas, mas não deixe de trancar as portas de seu carro.

12) "A melhor hora de arrepender-se é antes de fazer" (Sabedoria popular).

13) "O diabo é bem-sucedido porque paga à vista" (Adágio americano).

14) "As pessoas felizes não acreditam em milagres" (Goethe).

15) "Se o velho pudesse e o jovem soubesse, não haveria nada que não se fizesse" (Sabedoria popular).

16) "Os rios tranqüilos são os mais profundos" (Sabedoria popular).

17) "A mente ociosa é a morada do diabo" (Sabedoria popular).

18) "Quem o pouco não agradece o muito não merece" (Sabedoria popular).

19) "A gratidão é a memória do coração" (Victor Hugo).

20) "O sobrenome é importante, mas a educação é muito mais" (Adágio chinês).

21) "Não se conhece o perfume pela beleza da flor" (Sabedoria popular).

22) "Coma para agradar a você mesmo e vista-se para agradar os outros" (Sabedoria popular).

23) "Tempo rindo é tempo com os deuses" (Adágio japonês).

24) "Não há ninguém mais ocupado do que uma pessoa curiosa" (Sabedoria popular).

25) "Toda a tristeza dos rios é não poder parar" (Mário Quintana).

26) "A vida necessita de pausas" (Carlos Drummond de Andrade).

27) "O dia mais inútil é aquele em que não rimos" (Provérbio francês).

28) "Visitas sempre dão prazer; umas na chegada e outras na saída" (Provérbio português).

29) "Quem quer agradar a todos não agrada a ninguém" (Sabedoria popular).

30) "Sentir gratidão e não a expressar é como embrulhar um presente e não o entregar" (William Arthur Word).

31) "Dez anos antes de seu tempo uma moda é indecente, dez anos depois é ridícula e após 50 anos é romântica" (Estilista).

32) "Chá e arroz frios são suportáveis, mas palavras e olhares frios, não" (Adágio japonês).

33) "As pessoas superiores discutem idéias, as medianas, acontecimentos e as inferiores, pessoas" (Adágio americano).

34) "Se precisa cochichar é melhor não dizer" (Provérbio americano).

35) "Criticar é uma forma desonesta de se elogiar" (Will Durant).

36) "A crítica é o preconceito vestido a rigor" (H. L. Mencken).

37) "Se não podemos dizer nada de positivo sobre uma pessoa, é melhor não dizer nada" (Adágio americano).

38) "Devo meu sucesso a três "nãos": não criticar, não condenar e não lamentar" (Empresário americano).

39) "Quem dá não deve lembrar; quem recebe não deve esquecer" (Talmude).

40) "A sabedoria é filha do tempo" (Sabedoria popular).

41) "Tudo é difícil antes de ficar fácil" (Sabedoria popular).

42) "Nunca esquecemos as lições aprendidas na dor" (Sabedoria popular).

43) "O lugar mais seguro para se viver é dentro do orçamento" (Sabedoria popular).

44) "Quem compra o que não precisa acaba vendendo o que precisa" (Sabedoria popular).

45) "Se você gosta de ovos aprenda a cuidar da galinha" (Sabedoria popular).

46) "O travesseiro é o melhor conselheiro" (Sabedoria popular).

47) "Quem conhece a si mesmo e ao inimigo tem a vitória assegurada" (Provérbio chinês).

48) "Não há nada mais assustador do que a ignorância em ação" (Goethe).

49) "Quem tem imaginação, mas não tem conhecimento, tem asas, mas não tem pés" (Provérbio francês).

50) "A imaginação é mais importante do que o conhecimento" (Einstein).

51) "Experiência é o que adquirimos quando não conseguimos o que queríamos" (Dan Stanford).

52) "A rosa só tem espinhos para quem quer arrancá-la" (Provérbio chinês).

53) "Começamos a mudar o mundo mudando nosso quintal" (Autor desconhecido).

54) "Não aprenderíamos a ser corajosos e pacientes se só houvesse felicidade no mundo" (Helen Keller).

55) "Prefiro os erros do entusiasmo à indiferença da sabedoria" (Anatole France).

56) "A insatisfação é o primeiro passo para a mudança" (Sabedoria popular).

57) "Comece com o possível e daí a pouco estará fazendo o impossível" (Ditado popular).

58) "Se está velho demais para fazer certas coisas, faça outras" (Sabedoria popular).

59) "Quem está perdido não escolhe caminho" (Sabedoria popular).

60) "Não é preciso beber todo o barril para saber o gosto do vinho" (Sabedoria popular).

61) "Quando o dinheiro falta, a verdade ouve em silêncio" (Sabedoria popular).

"Os valores são para o coração
o que as cores são para os olhos."
Xothtl Calvez Ruiz – empresária mexicana

10. Dinâmica do Olhar

Objetivos
1. Cultivo de valores, reflexão individual, trabalho em grupos.
2. Entrar em contato com diversos aspectos da vida.
3. Deixar aflorar o lado poético, criativo, imaginário... os sonhos.
4. Perceber sonhos, dificuldades, buscas... comuns na dinâmica de grupo.

Intenções
Esta dinâmica deseja ir ao encontro de potencialidades que, muitas vezes, podem estar adormecidas. Traz consigo uma dimensão provocadora e envolvente. Faz com que os participantes soltem seu lado imaginário, criativo, poético.

A dinâmica parte de frases famosas, muitas delas conhecidas, e tenta trazê-las para dentro da vida dos participantes de um grupo. O êxito dessa dinâmica é proporcional à capacidade de "desarmar-se" dos participantes, isto é, quanto mais livres e desprovidos forem os participantes, maiores as chances de surgirem reflexões interessantes nesta dinâmica.

Portanto, a dinâmica do olhar carinhoso deseja fazer uso da capacidade imaginativa, deixar aflorar a criatividade, deixar que a veia poética mostre sua cor, deixar o amor ser ele mesmo.

Público alvo
Público aberto, grupos diversos. Preferencialmente, esta dinâmica destina-se a grupos de jovens, estudantes, educadores, adolescentes...

Número de participantes
Grupos pequenos ou médios.

Propondo material
1. Material para escrever.
2. Cópia do texto abaixo sugerido: "Olhar carinhoso", para todos os participantes.

Desenvolvimento: **Três passos**

Primeiro passo: Encaminhar

1. Delimitar o tempo de reflexão individual: 30 minutos.

2. Colocar uma música de fundo, caso a reflexão aconteça na sala.

3. Explicar e motivar a dinâmica:
a) Com a folha em mãos: "Olhar carinhoso", cada participante procura um lugar aconchegante.
b) Lê calmamente as frases aí sugeridas e/ou outras, de acordo com o objetivo da dinâmica.
c) De forma poética, continua as frases: sem censura, sem medos, sem preocupações, pois os participantes não serão "expostos".
d) No final da reflexão sobre as frases, escrever um texto original, podendo ser uma música, reflexão, poema, desenhos...

Segundo passo: Partilhar

1. Favorecer um momento de partilha em pequenos grupos.

2. Tempo limitado: em torno de 20 minutos.

3. O conteúdo da partilha poderá ser uma ou algumas das frases que foram "completadas" pelos participantes e/ou do texto original final.

4. Pedir aos grupos um trabalho que deverá ser apresentado em plenário:
a) Sobre o que os participantes escreveram sobre uma determinada frase.
b) Ou a apresentação de um ou de vários textos criados pelos participantes.
c) Ou outra maneira que torne o plenário agradável e conseqüente, isto é, que tenha elementos de continuidade, de compromisso...

Terceiro passo: Socializar

1. Proporcionar um momento de plenário para a apresentação dos trabalhos feitos nos grupos.

2. Filtrar algumas frases, reflexões, questionamentos... que deverão ser aprofundados através de um debate ou de comprometimento.

3. Delimitar o tempo desse plenário.

4. Terminar bem o encontro. Este momento poderá ser vivido de várias formas:

a) Avaliação da vivência da dinâmica.
b) Repetição de algumas frases marcantes durante as reflexões.
c) Recitação de textos, poemas, músicas... feitas pelos participantes.
d) Leitura de um dos textos – Anexos – indicados no final deste livro.
e) Ou outro jeito criativo de terminar bem este momento.

Sugestão de Anexos (p. 109):
3. Viver é...
5. Eu vou subir...
6. Passar pela vida...
8. Apesar de...
10. Heróis invisíveis.

Considerações finais
1. Esta dinâmica traz consigo material que poderá ser explorado durante vários encontros de formação.

2. O importante é não atropelar os passos e ter presente o objetivo do encontro. Dentro desta perspectiva, deverão ser escolhidas algumas ou muitas frases.

> "Há palavras que dizemos porque delas nos lembramos. Possuídas, guardadas, ficam lá, à espera, e vêm, obedientes, como animais domésticos... Há palavras que não dizemos: elas se dizem, apesar de esquecidas. Não são nossas: moram em nós, sem permissão, intrusas, e não atendem nossa voz. São como o vento que sopra onde quer."
> Rubem Alves

TEXTO

Um olhar carinhoso

*"A mais bela tarefa do homem é:
Unir os homens." (Saint-Exupéry)*
Respeitar as culturas de todos os povos.
Estender a mão aos mais necessitados... (e assim por diante...)
...

*"Não é possível adorar a Deus
e menosprezar o próximo." (Gandhi)*
e pagar um salário injusto,
e ausentar-se na educação dos filhos,
e falar mal das pessoas,
e não se comprometer com os grandes problemas
da humanidade...
e não cultivar uma mística de vida...

*"As nuvens passam, mas o céu azul fica!"
(Lao-Tsé, mestre do taoísmo)*
A tempestade passa, mas as marcas ficam.
Os sofrimentos passam, mas a humildade acontece.
A dor passa, mas os cuidados e precauções devem continuar.
O trabalho...
Os estudos...
Os compromissos...
O amor...
A afetividade...
As baladas...
O próximo...

"São os caminhos invisíveis do amor que libertam o homem." (Saint-Exupéry)
São os olhares de carinho que sensibilizam nosso coração.
São as surpresas da vida que tornam a vida interessante.
São os abraços sinceros que fortalecem os momentos difíceis.
São...

"Nunca encontrei uma pessoa da qual não tivesse nada a aprender." (A. de Vigny)
Nunca encontrei uma pessoa pela qual não me sentisse questionado.
Nunca encontrei uma pessoa pela qual...
Nunca encontrei uma pessoa pela qual...

"Quero a misericórdia e não o sacrifício." (Mateus 9,13).
Criar outras frases, como:
Quero atitudes e não belas palavras.
Quero sinceridade e não falsidade.
Quero... e não...

"Amar é nunca ter que pedir perdão." (Jéssica, 6 anos)
Amar é *olhar mais para os outros e menos para si próprio.*
Amar é *comprometer-se com a vida.*
Amar é *assumir um projeto de vida.*
Amar é...

"Só aprende quem tem fome." (Rubem Alves)
Só é feliz quem sabe compartilhar sua vida.
Só é verdadeiro quem não perdeu o coração de criança.
Só é livre quem não tem medo de voar.
Só... quem...

"Quando falares, cuida para que tuas palavras sejam melhores que o silêncio." *(Provérbio indiano)*
Quando olhares, cuida para que seu olhar seja de ternura.
Quando chorares, cuida para que as lágrimas sejam sinceras.
Quando lutares, cuida para que tudo seja feito com amor.
Quando estudares, cuida para que não seja apenas uma tarefa.
Quando... cuida para que...

"Quem conhece os outros é sábio. Quem conhece a si mesmo é iluminado." *(Lao Tsé)*
Quem conhece um amigo é um agraciado.
Quem conhece o mundo é um realista.
Quem conhece...
Quem não conhece o perigo das drogas corre sério risco de saúde.
Quem não conhece...
Quem não se arrisca...
Quem prefere....

Bem-aventurados os que sonham, alimentarão a esperança de muitos e correrão o doce risco de um dia verem seus sonhos realizados." *(Dom Hélder Câmara)*
Bem-aventurados os que confiam, serão recompensados por grandes momentos de alegria.
Bem-aventurados os que sabem aprender com os outros, entenderão o sentido da vida.
Bem-aventurados os que se comprometem com um mundo melhor, não verão os dias passar em branco.
Bem-aventurados...
Bem-aventurados...

*"**Sede mansos como as pombas e prudentes como as serpentes.**" (Mateus 10,16)*
Sede carinhosos como um gato e despertos como uma coruja.
Sede ousados como um cientista e cautelosos como um sábio.
Sede amigos como um cachorro e realistas como uma árvore.
Sede... e...

*"**A fidelidade é a opção mais livre do amor mais forte.**"
(Maurice Zundel)*
O carinho é o gesto mais nobre do ser humano.
A alegria de viver é o que não permite envelhecer.
O respeito é a expressão de amor ao diferente.
O recomeço é a atitude dos que alimentam a esperança.
O amor é...
A ternura é...
A tolerância é...
O trabalho é...
As festas são...
Os encontros na vida são...
A família é... A sexualidade é... O compromisso é... Outros.

*"**O que torna belo o deserto é que ele esconde um poço em algum lugar.**" (Saint-Exupéry)*
O que torna interessante nossa vida é a nossa esperança.
O que torna...
O que alimenta um sonho é a capacidade de trabalhar em equipe.
O que alimenta...

*"**Nós somos o que amamos.**" (Rubem Alves)*
Nós somos o que desejamos.
Nós somos o que...
Nós somos o que...

"Pensa como pensam os sábios, mas fala como falam as pessoas simples." (Aristóteles)
Olha como olham as crianças, mas vive como vive uma pessoa prudente.
Caminha como anda uma pessoa incansável, mas descansa como um peregrino exausto.
Chora como...
Compromete tua vida como...
Estuda como...
Avança como avançam...
Enfrenta as dificuldades como...
Persiste na busca como...
Alimenta sonhos como...
Chora como... Mas...
Confia como confiam.... Mas...

"Não há nenhuma vergonha em alguém ser feliz, mas seria vergonhoso ser feliz sozinho." (Camus)
Não há vergonha em alguém ser feliz, mas seria vergonhoso não saber compartilhar esta alegria.
Não há vergonha em alguém ser feliz, mas seria vergonhoso...
Não há vergonha em alguém ser feliz, mas seria vergonhoso...
Não há vergonha em cair, mas seria vergonhoso não ter coragem para levantar-se.
Não há vergonha em errar, mas seria vergonhoso permanecer no erro.
Não há vergonha em.... mas seria vergonhoso...
Não há vergonha em.... mas seria vergonhoso...

"O melhor profeta do futuro é o passado." (Robert Frost)
O melhor amigo de amanhã é aquele que conquistei ontem.
O melhor político é...
O melhor educador é...
O melhor momento da vida é...

O melhor sonho é...
O melhor do passado é...
O melhor de confiar em alguém é...
O melhor das festas é...
O melhor desafio é aquele que...
O melhor presente é...
O melhor...

"Não basta conquistar a sabedoria, é preciso usá-la." (Cícero)
Não basta conquistar um diploma, é preciso...
Não basta ser inteligente, é preciso...
Não basta gostar de alguém, é preciso...
Não basta olhar para o céu, é preciso...
Não basta correr, é preciso...
Não basta criticar, é preciso...
Não basta confiar, é preciso...
Não basta trabalhar, é preciso...
Não basta... é preciso...

"O mais importante da vida não é saberes onde estás, mas sim para onde vais." (Goethe)
O mais importante na vida não é teres muitos amigos, mas sim seres amigo de muitos.
O mais importante na vida não é saberes o quanto és importante, mas sim teres consciência do valor dos outros para ti.
O mais importante na vida não é chegar, mas sempre estar recomeçando.
O mais importante na vida não é.... mas sim...

"A poesia não é de quem a fez, mas é de quem precisa dela."
Pablo Neruda

11. Dinâmica do Trabalho em Equipe

Objetivos
1. A dinâmica deseja ser um espaço de vivência de aspectos importantes de um trabalho em equipe.
2. Participação ativa e responsável de todos os participantes na busca de um projeto de vida comum.
3. Ser um espaço de escuta, de participação, de aprendizado...
4. Capacidade de discernimento: refletir, ponderar a favor e contra... decidir.
5. Senso crítico, busca de uma escala de valores...
6. Entrosamento, comunicação, imaginação, criatividade...

Intenções
Muito se poderia dizer e escrever sobre o trabalho em equipe. Limito-me a citar uma frase de Gibran que nos ajuda a contextualizar a presente dinâmica:

"Ide, pois, aos vossos campos e pomares e, lá,
aprendereis que o prazer da abelha é de sugar o mel da flor,
mas que o prazer da flor é de entregar o mel à abelha.
Pois, para a abelha, uma flor é uma fonte de vida,
e para a flor, uma abelha é uma mensageira de amor.
E para ambas, a abelha e a flor, dar e receber o prazer
é uma necessidade e um êxtase".

Público alvo
Grupos variados, cooperativas, educadores, estudantes, grupos organizados, empresas...

Número de participantes
Não mais de 35 participantes.

Propondo material
1. Caneta e papel com os valores, atitudes, abaixo relacionados.
2. Desenho de dez ou mais pessoas abraçadas. Recortá-las e colar no centro do quadro ou no centro da sala onde acontece a dinâmica.
3. Filipetas e canetinhas.
4. Fita ou cola.
5. Disponibilidade de diversos símbolos no centro da sala.
6. Papel, cartolina... para a confecção de uma estrela em tamanho grande.

Desenvolvimento: **Cinco passos**

Primeiro passo: Ouvir e criar

1. O coordenador acolhe os participantes.

2. Disponibiliza filipetas de papel e canetinhas.

3. Lê a história abaixo – "Sem Título" – e pede que, a partir da mensagem do texto, cada participante crie um título sugestivo para esta história. Escreve o título sobre uma filipeta.

4. Delimitar cinco minutos para a criação desse título sugestivo.

5. Esses títulos são socializados e colados em volta dos bonecos de papel, em forma de um sol.

Segue uma relação de títulos dados por um grupo de associados de uma cooperativa: "Quando todos ganham"; "o verdadeiro espírito da solidariedade"; "o dia em que todos venceram"; "fraternidade"; "a verdadeira vitória"; "as grandes vitórias são coletivas"; "caminhar juntos"; "solidariedade e respeito"; "a vitória da solidariedade"; "todos ganham juntos"; "dando as mãos"; "momento especial"; "a vitória do trabalho em equipe".

6. Após a participação de todos, pode-se fazer uma interpretação:
a) Dos títulos que se repetiram,
b) Das palavras que mais apareceram,
c) Das curiosidades presentes nos títulos criados,
d) Da moral da história para nossos dias.
e) Prever outras questões.

Segundo passo: Refletir e escolher

1. Prever uma cópia do texto abaixo – "Onde está o segredo?" – a todos os participantes.

2. Delimitar o tempo da reflexão individual: 10 minutos.

3. Esta reflexão consiste em quatro coisas:
a) Acrescentar – além dos aspectos que já constam na lista – outros valores, atitudes, segredos importantes em um trabalho em equipe.
b) Selecionar os cinco segredos, valores, atitudes mais importantes na construção da unidade de um grupo.
c) Dar as razões desta escolha e colocá-los em ordem de importância, isto é, qual destes cinco é o mais importante, o segundo mais importante... até o quinto.

d) Escolher um símbolo correspondente aos cinco valores escolhidos. Por exemplo: alguém poderia escolher um dicionário para simbolizar os conhecimentos; ou escolher uma ave para representar a liberdade; ou um travesseiro para representar o descanso... A interpretação criativa faz parte da dinâmica.

Terceiro passo: Ponderar e escolher

1. Formar grupos pequenos: entre 4 a 8 participantes.

2. Tempo de trabalho em grupos: 25 minutos.

3. O trabalho consiste em:
a) Socialização dos cinco aspectos escolhidos por cada participante.

b) Escolha do grupo dos cinco aspectos mais importantes num trabalho em equipe. Este número poderá ser proporcional, de acordo com o número de participantes em cada grupo: se tiver sete participantes, poderão escolher sete aspectos; se forem apenas três, escolherão três aspectos.

c) O grupo colocará os aspectos em ordem de importância, dando razões a favor e contra, e escolhendo um símbolo referente a cada aspecto escolhido.

d) Elaborará um projeto de vida para o grupo, dentro do qual estejam contemplados os aspectos escolhidos.

Quarto passo: Socializar e escolher

1. Por uns 15 minutos ou mais tempo, conforme o número de participantes, todos os grupos partilharão:
a) O resultado do trabalho feito nos grupos: cinco aspectos escolhidos, ordem de importância, projeto de vida e símbolos correspondentes a cada aspecto.

b) As alegrias, resistências e dificuldades que experimentaram no trabalho em grupo.

c) Aspectos curiosos que estiveram presentes durante o trabalho nos grupos.

2. O grupo grande escolherá os cinco aspectos mais importantes de um trabalho em equipe.

3. Colocará esses aspectos numa escala de importância.

4. Decidirá como estes serão doravante trabalhados no grupo.

5. Confeccionará um estrela grande – com cinco pontas – sobre as quais escreverá os cinco aspectos decididos pelo grupo. Afixará esta estrela num lugar visível, para que possa ser vista: nos encontros de formação, na empresa, na sala de aula, enfim, nos ambientes por onde se movem os participantes do grupo.

Quinto passo: Avaliar e continuar

1. Fazer uma avaliação da dinâmica e de sua vivência: individualmente, em grupo e no plenário.

2. Pensar aspectos de continuidade das reflexões iniciadas.

3. Terminar bem o encontro.

Sugestão de Anexos (p. 109):
3. Viver é...
4. Amigos...
6. Passar pela vida...
8. Apesar de...
10. Heróis invisíveis.

> "Os homens são todos iguais nas promessas:
> é somente na ação que diferem."
> Molière

TEXTOS

Onde está o segredo?

- Capacidade de escuta
- Simplicidade
- Trabalho em equipe
- Dedicação
- Cooperação
- Conhecimentos
- Criatividade
- Marketing
- Sonho comum
- Bom humor
- Solidariedade
- Respeito
- Carinho
- Honestidade

- Amizade
- Liberdade
- Diálogo
- Discernimento
- Compromisso
- Realismo
- Conhecimento da realidade
- Senso de justiça
- Transparência
- Resistência
- Amizades
- Lazer
- Formação permanente
- Ética

> "Ninguém liberta ninguém, ninguém se liberta sozinho: os homens se libertam em comunhão."
> Paulo Freire

Sem título

Às vezes é preciso diminuir o passo, parar, olhar para trás e... Há alguns anos, nas olimpíadas especiais de Seattle – Paraolimpíadas – nove participantes, todos com deficiência mental ou física, alinharam-se para a largada da corrida dos cem metros rasos.

Ao sinal, todos partiram, não exatamente em disparada, mas com vontade de dar o melhor de si, terminar a corrida e ganhar. Todos, exceto um garoto, que tropeçou no piso, caiu rolando e começou a chorar.

Os outros oito ouviram o choro. Diminuíram o passo e olharam para trás. Viram o garoto no chão, pararam e voltaram. Todos eles!

Uma das meninas, com Síndrome de Down, ajoelhou-se, deu um beijo no garoto e disse: *"Pronto, agora vai sarar"*.

E todos os nove competidores deram os braços e andaram juntos até a linha de chegada. O estádio inteiro levantou e não tinha um único par de olhos secos. E os aplausos duraram longos minutos.

E as pessoas que estavam ali repetem essa história até hoje. Por quê? Porque lá no fundo, nós sabemos que o que importa nesta vida, mais do que ganhar sozinho, é ajudar os outros a vencer, mesmo que isso signifique diminuir o passo e mudar de curso.

Considerações finais

1. Esta dinâmica poderá ser adaptada às mais variadas circunstâncias e grupos.

2. Poderá ser objeto de reflexão de mais de duas horas, conforme a maturidade dos participantes de um grupo.

3. Poderá ser enriquecida de várias formas, como por exemplo:
– Contrapor um outro texto ao "Sem título", para perceber o conflito de valores que estão em jogo no mundo.

– Convidar os participantes para que escrevam do lado de cada valor aqui indicado na relação – "Onde está o segredo?" – o seu contrário. Por exemplo: liberdade X escravidão; honestidade X deslealdade; respeito X desrespeito... e assim por diante.

– Imaginar e criar outros passos que possam fazer esta dinâmica mais viva, mais eficaz e mais criativa.

> "A cooperação é a convicção plena de que ninguém pode chegar à meta se não chegarem todos."
> Virgínia Burden

Anexos

Anexo 1
QUEM ENCONTROU UM AMIGO...

Os amigos...
Cativam por sua simplicidade.
Unem por seu espírito fraterno.
Libertam por sua verdade.
São próximos por sua sinceridade.

Os amigos são...
Grandes, que se distinguem.
Irmãos, que partilham.
Dedicados, que edificam.
Sábios, que escutam.

Os grandes amigos são...
Tão raros, que se tornam tesouros preciosos.
Tão frágeis, que fortalecem.
Tão importantes, que marcam presença.
Tão felizes, que fazem festa.

Os verdadeiros amigos são...
Tão presentes, que participam.
Tão solidários, que se esquecem.

Tão preciosos, que deixam marcas.
Tão especiais, que se eternizam.
(Canísio Mayer)

> "Nunca encontrei uma pessoa da qual não tivesse nada a aprender."
> A. de Vigny

Anexo 2
NO RITMO DO AMOR

Embalada pelas águas de seu sotaque
me afogo em lindas palavras,
mergulho em sentimentos,
nado em cadência...

Pelo fogo de seu sotaque
me incendeio nesse amor,
me liberto nessa busca,
me envolvo de tesão...

Pela concretude de seu sotaque,
planto minhas raízes no solo do coração,
rego meus sonhos
e nutro nossas esperanças...

Pelo ar de seu sotaque
me deixo embalar por seu suspiro,
levito no sopro de seu beijo
e flutuo nas nuvens de nosso amor...

Juntos a água, o fogo, a terra, o ar,
eu e você seguimos nosso caminho,
traçamos nossa história,
percorremos nossos medos,
nossas descobertas, nossas dúvidas...

Somos incansáveis soldados
que marcham embalados
pelo ritmo do amor,
do sotaque de amor.
(Luciana Azevedo – atriz e jornalista)

"Amar é querer estar perto, se longe; e mais perto, se perto."
Vinícius de Moraes

Anexo 3
VIVER É...

Viver é...
Avançar para águas mais profundas,
Mergulhar para além das aparências,
Embebedar-se com a vida da água cristalina,
Nadar, levantar a cabeça, orientar-se e continuar.
Perseguir um horizonte.

Viver é...
Tomar consciência do mundo que nos rodeia,
Sentir a presença de mãos amigas,
Compreender o outro e compreender-se,
Alimentar grandes sonhos,
Saborear o melhor para cada momento,

Viver é...
Sentir a vida palpitando em cada fibra de nosso ser,
Desejar transcender o momento presente, o tempo presente...
Persistir na superação das dificuldades, medos, limites...
Abrir o coração, os olhos, os braços
E voar abraçado à liberdade libertadora.

Viver é...
Mergulhar no mistério e na magia da vida,
Sentir o calor do novo, da ternura, do surpreendente,
Avançar com coragem e persistência,
Vencer o medo com a confiança e a coragem de prosseguir.
Encarnar a verdade mais verdadeira.
(Canísio Mayer)

"Se não formos capazes de acreditar num paraíso dentro de nós,
é evidente que não poderemos encontrar um fora de nós."
Henry Miller, escritor americano

Anexo 4
AMIGOS...

Há amigos que nos surpreendem.
Que fazem nossa vida ser dinâmica, nova, interessante.
Há amigos que dão brilho a nossos olhos,
sorrisos em nossa face,
música a nossos lábios,
pulos a nossos pés.

Há amigos que aceleram nosso coração,
fazem que tudo se torne novo,
fazem a primavera florescer.

Há os amigos que estão longe e continuam próximos,
há os que estão próximos e desejam ficar mais próximos ainda,
há os que tiveram de se ausentar.
Deles continuam a força de uma grande amizade
e o sentimento de bem querer.

Os amigos são únicos.
Como cada um de nós é único.
Todos deixamos um pouco de nós
E levamos muito de cada amigo.

Colegas ouvem o que você diz,
Amigos escutam o que você não consegue falar.
(Canísio Mayer)

> "Amigo é aquele que entra quando todos saíram."
> Provérbio inglês

Anexo 5
EU VOU SUBIR...

Hoje resolvi fazer algo diferente.
Subi ao topo mais alto da montanha.
Subir exige força de vontade.
Supõe grandeza.
Exige decisão.

O importante não é só chegar ao topo da montanha.
O caminhar faz parte da chegada.
O chegar não é o único objetivo,
mesmo que seja o ponto culminante de uma caminhada.

A montanha é lugar, é paraíso, é novidade... um "oásis" revelador.
Está povoada por uma infinidade de seres... de sinais de vida.
Está plena de novidades, surpresas... encantamentos.
É uma sinfonia afinada, harmoniosa, falante... vibrante.

A montanha protegida pela força dos horizontes
faz ressoar os ecos,
revela prazer, é momento,
faz sentir os compassos do silêncio,
faz banhar-se na ternura de um novo ar que sopra.
A montanha nos leva para o além, para o mistério.

A vida no alto da montanha
faz-nos voar nas asas da imaginação e da criatividade,
faz sentir a beleza de belos sonhos plantados em muitos corações,
revigora a veia poética, a busca da esperança,
liberta-nos das amarras das obrigações...

A montanha
é o momento que refaz a vida,
faz-nos descer à profundeza do silêncio,
ensina-nos a contemplar,
amplia e aprofunda nosso olhar,
lança um desafio de revisar a vida
e de, novamente, voltar à planície.

É bom retirar-se!
É bom retornar aos afazeres diários!
A montanha nos devolve ao vale renovados.
Sim, é preciso subir e descer.
É preciso parar e recomeçar.
(Canísio Mayer)

> "Quando um homem dá um passo em direção a Deus,
> Ele se levanta de seu trono e dá cem passos
> em direção ao homem."
>
> Provérbio sufi

Anexo 6
PASSAR PELA VIDA...

Podemos passar pela vida como cegos
se não enxergarmos os inúmeros sinais de amor.

Podemos passar pela vida como surdos
se não escutarmos a voz suave que torna tudo novo e verdadeiro.

Podemos passar pela vida como mudos
se não falarmos palavras que edificam e instauram um novo jeito de viver.

Podemos passar pela vida como insensíveis
se não abraçarmos uma nova civilização do amor.

Podemos passar pela vida sem sentir sabor
se não tirarmos certas cascas e avançarmos para águas mais profundas.

Sou aquele que existe, mas que poderia não existir.
Sou aquele que caminha, mas que poderia não caminhar.
Sou aquele que pensa, age... mas que poderia não pensar nem agir.
Sou aquele que agradece, mas que poderia não ter este dom.

Eu sou alguém que tem um nome, uma história... caminhada.
Carrego comigo grandes expectativas, esperanças... fé.
Alimento corajosos sonhos, rego frágeis plantas... força.
Busco fazer acontecer a vida, novas oportunidades... plenitude.

Sou a dádiva mais pura, mais gratuita.
Sou sustentado pelo sol, pelo toque, pelo amor... pela esperança.
Movido pela força de continuar caminhando.
Impregnado por uma teimosia que acredita, apesar de tudo.
(Canísio Mayer)

> "Ser bom é fácil, o difícil é ser justo."
> Santo Tomás de Aquino

Anexo 7
SENTIR...

Abrir os braços,
olhar para o horizonte,
sentir a vida,
contemplar, saborear... ser.

Sentir o vento que sopra com força ou calmamente.
De onde vem e para onde vai?
Como saber?

Ele se manifesta como vida e a faz florescer.
Por onde passa provoca algo novo e deixa sinais.
Movimenta as folhas das árvores e estas se unem
às vozes afinadas dos pássaros.

Juntos ensaiam um canto novo.
Canto que vai se tornando uma orquestra: vento, sinos
e liberdades.
É a vida que amadurece, floresce e acontece.

É o canto da harmonia.
É o verso da esperança.
É a poesia do novo.
É o coração que sente.

O vento sopra.
Sopra sempre.
Se abrimos as janelas
ele renova e faz a vida renascer.

Sua presença é força que toca corações,
muda o visual,
faz-nos abrir as mãos
e palpitar corações.

Sua força faz cair as folhas sem cor e sem vida,
sua ação faz amar o nascer do novo, do diferente,
sua magia possibilita o verde, a flor, o perfume...

É verdade também que às vezes provoca tempestades...
agita!
Acorda o que está adormecido... ressuscita!
Testa se a casa está sobre um terreno firme... verifica!
Provoca algo novo, mudanças... novidades!

Vento forte e vento terno.
Sopras onde e como convém.
Não te vemos, te sentimos.
Experimentamos os efeitos de tua ação.

Tua presença viva e insistente faz-nos abrir portas e janelas.
Abrir as portas trancados pelo medo, pela falta de carinho, ternura, auto-estima...
Abrir as janelas que experiências da vida passada quiseram fechar.
Abrir portas que pareciam insignificantes, sem horizontes, sem brilho...
Abrir as janelas do comodismo, do fechamento, da falsa instalação...

Tua ternura faz-nos confiar.
Tua presença ajuda-nos a acolher.
Tua ação faz-nos construir a vida.
Tua força faz-nos servir com tudo o que somos.

O vento sopra e continuará soprando.
É preciso abrir a casa e deixá-lo circular.
É preciso deixar-se recriar pelo sopro,
acordar para o novo e desafiar novos horizontes.

É preciso ser mais livre, mais solidário e mais verdadeiro
e não ter medo de participar intensamente da vida.
(Canísio Mayer)

"É mais fácil conseguir as coisas com um sorriso
do que com uma espada."
William Shakespeare

Anexo 8
APESAR DE...

Amar...
Apesar de tantos que se queixam de tudo,
amo as pessoas que continuam acreditando.
Apesar do aparente triunfo dos poderosos,
amo o pobre que sonha sem nada em suas mãos.
Apesar de tanta injustiça,
amo a humanidade que não deixa a verdade se apagar.

Preferir...
Apesar de tanto cimento-armado,
prefiro a pureza de uma flor.
Apesar de tanta artificialidade,
prefiro o contemplar do céu.
Apesar de muitos contratempos,
prefiro o discernimento.

Desejar...
Apesar de tantos sinais de não vida,
desejo um mundo mais digno.
Apesar de tanta perplexidade,
sonho com a lucidez.
Apesar de tanto amargor,
desejo o perfume, o sabor e o calor.

Buscar...
Apesar do barulho,
busco o silêncio.
Apesar da desconfiança,
busco o olhar sincero.
Apesar da desonestidade,
busco a verdade.

Escolher...
Apesar de todos os medos,
escolho a ousadia.
Apesar de tanta agitação,
escolho momentos de paz.
Apesar de tantos motivos para desanimar,
escolho a grandeza de sempre recomeçar.

Contemplar...
Apesar dos muros,
contemplo o nascer do sol.
Apesar da decadência,
contemplo a conversão.
Apesar do ontem,
contemplo o amanhã.

Apesar de tudo,
Sinto a novidade florescer,
vejo o amor se manifestar,
amo a criatividade emergir,
prefiro a confiança persistir,
desejo a cada dia recomeçar,
sonho com um mundo melhor,
busco cada dia melhorar,
escolho a vida construir,
contemplo a esperança a nos impulsionar.
(Canísio Mayer)

"Só se vê bem com o coração.
O essencial é invisível aos olhos."
Saint-Exupéry

Anexo 9
O SABOR DA SABEDORIA

Nossa vida está plena de pequenos gestos.
São gestos que foram acontecendo,
gestos que foram sendo assumidos, vividos, saboreados.
Sim, é a fidelidade no pequeno
que faz o grande ser significativo.

Vale a pena pensar e retomar algumas experiências,
vale a pena refletir sobre algumas realidades,
vale a pena acolher algumas verdades.

A vida tem seu tempo, tem seu ritmo,
dá seus passos e tem sabedoria.
Estamos nela e nela nos movemos,
ela nos envolve, toca, desafia, questiona, impulsiona...

Sua vida necessita de sabedoria e sabor,
necessita de seu olhar amigo e de sua paciência,
de sua disposição e generosidade,
de sua colaboração e ousadia,
de seu coração e de sua alma.

Chega a ser curioso e interessante observar:
que a mais longa caminhada só é possível passo a passo...
Que o cume de uma pirâmide se alcança subindo de degrau em degrau...
Que o mais belo livro do mundo foi escrito letra por letra...
Que os milênios se sucedem, segundo a segundo...
Que as mais violentas cachoeiras se formam de pequenas fontes...
Que a imponência do pinheiro começou do coração aberto de uma semente...

Que a beleza do ipê começou da fragilidade de uma plantinha.
O mais singelo ninho se fez de pequenos gravetos.
A mais bela construção se efetua a partir do primeiro tijolo...
As imensas dunas se compõem de minúsculos grãos de areia...

E é verdade que...
não fosse a gota de água, não haveria chuvas,
não fosse o *abc*, não haveria poesia,
não fossem as folhas, não haveria perfume,
não fossem as estrelas, o céu não seria encantador,
não fosse o olhar apaixonado, não haveria o amor,
não fosse você, algo estaria faltando neste mundo.

Assim também o mundo de paz, de harmonia e de amor será construído a partir
de pequenos gestos de compreensão, solidariedade...
de pequenos gestos de respeito, ternura, fraternidade...
de pequenos gestos de benevolência, indulgência, perdão...
de pequenos gestos de paciência, de compreensão e de carinho...
Isto dia após dia, hora pós hora, minuto após minuto.

É difícil mudar o mundo,
mas podemos mudar uma pequena parcela dele:
esta parcela tem um nome e pode acontecer num lugar preciso,
esta parcela pode ser você mesmo,
pode ser seu lar,
pode ser seu ambiente de trabalho, de estudos, de lazer...
pode ser seu grupo de amigos...
Dessa forma, nossa vida terá valido a pena
e teremos ajudado a mudar o mundo.

Quem ama arrisca dar o primeiro passo,
quem ama dá o segundo, terceiro... passos.
Quem ama persevera na construção da vida.

Quem ama une forças,
quem ama estende as mãos.

Esta mudança não será fácil nem rápida...
Mas vale a pena tentar!
E o momento chegou, você está nele.
Não deixe que escape de suas mãos e de seu coração,
aproveite-o, viva-o e faça-o história.
O dia amanheceu e é hoje,
não perca nenhuma hora, nenhum minuto, segundo.
Não tenha medo do *já*, do *agora*, do *sempre*.
Pois amanhã poderá ser tarde.
(Canísio Mayer)

> "Se eu pudesse voltar a viver, começaria a andar descalço no começo da primavera e continuaria assim até o fim do outono. Daria mais voltas em minha rua, contemplaria mais amanheceres e brincaria com mais crianças, se tivesse outra vez uma vida pela frente. Mas, já viram; tenho 85 anos e sei que estou morrendo..."
>
> Jorge Luis Borges

Anexo 10
HERÓIS INVISÍVEIS

Os heróis invisíveis não são heróis anônimos, pois...
Todos têm nome, rosto, história...
Todos fazem parte da sociedade, de uma cultura...
Todos têm compromissos, desejos, ambições...
Todos trabalham silenciosamente e fazem do mundo um lugar melhor.

Os heróis invisíveis são
pessoas entusiasmadas, cheias da força divina.
Pessoas que confiam, olham nos olhos.
Pessoas que acreditam, fazem acontecer.
Pessoas que não têm medo, caminham com persistência.

Entenderam em profundidade que...
A grandeza do homem está nos pequenos gestos em prol de outros e não de si.
A força da linguagem humana não está nas palavras, mas no coração, nos gestos...
A grandeza da pessoa está na atitude diária de ser aprendiz, companheira...
A força de mudar o mundo está na transformação de si e do meio em que vivemos.

Os heróis invisíveis tornam-se visíveis...
Através da dedicação sincera, perseverante e amiga.
Através da criatividade, da bondade e do amor sem medida.
Através de uma mística que gera vida, supera barreiras, busca soluções.
Através do carinho, do testemunho e da solidariedade.

O herói invisível tem uma outra visibilidade...
Não é um herói solitário, mas um herói solidário.
Não busca seus interesses, mas sabe compartilhar.
Não se desespera diante dos problemas, mas confia.
Não se perde nas aparências, mas busca o essencial.

O mundo precisa deles, de heróis invisíveis-visíveis...
Para que a vida seja viva e verdadeira.
Para que um novo mundo floresça e aconteça.
Para que o amor e a esperança tenham rosto.
Para compreender que a justiça merece uma chance e tem lugar.
(Canísio Mayer)

> "A esperança verdadeira não é otimismo cego. É esperança de olhos abertos, que vê o sofrimento e, sem dúvida, crê no futuro."
>
> Jürgen Moltmann

Anexo 11
FRASES MOTIVACIONAIS

Sobre nós mesmos...
"Feliz de quem entende que é preciso mudar muito para ser sempre o mesmo" *(Mário Quintana)*.

"Tudo o que nos acontece traz experiência, ou desenvolve uma qualidade que nos faltava" *(Sakarawa)*.

Sobre a grandeza do coração...
"As mais belas coisas do mundo não se podem ver nem tocar, mas devem ser sentidas com o coração" *(Charles Chaplin)*.

"O mais importante na vida não é o muito saber, mas o saborear as coisas internamente" *(Inácio de Loyola)*.

Sobre a mística do viver...
"Nada te perturbe. Nada te espante. Tudo passa. A paciência tudo alcança. Somente Deus basta" *(Santa Teresa d'Ávila)*.

"É melhor pôr o coração na oração sem encontrar palavras, do que encontrar palavras sem pôr nelas o coração" *(Gandhi)*.

Sobre nossa relação com Deus...
"A verdadeira experiência cristã não é crer na existência de Deus, mas relacionar-se com Deus como amigo" *(Sabedoria mística)*.

"O discurso sobre Deus vem depois do silêncio da oração e do compromisso" *(Gustavo Gutiérrez)*.

Sobre a força dos sonhos...

"Quando sonhamos sozinhos, é apenas um sonho. Quando sonhamos juntos, é o começo de uma realidade" *(Dom Hélder Câmara).*

"O que torna belo o deserto é o fato de ele esconder um poço em algum lugar" *(Saint-Exupéry).*

Sobre o prazer de viver...

"Não me constranjo de sentir-me alegre, de amar a vida assim, por mais que ela nos minta" *(Mário Quintana).*

"Se todos nós fizéssemos as coisas de que somos capazes, literalmente espantaríamos a nós mesmos" *(Thomas Edison).*

Sobre a força da fé...

"Se tendes verdadeiramente fé, não pregueis o Deus na história, mas demonstrai como Ele vive em vós, hoje" *(Gandhi).*

"Não existe fé grande nem pequena. O que conta é a grandeza de quem vive a fé em sua carne" *(Ditado cigano).*

Sobre posturas em relação à vida...

"Há duas formas para viver sua vida. Uma é acreditar que não existe milagre. A outra é acreditar que todas as coisas são um milagre" *(Albert Einstein).*

"Ser mestre não é resolver tudo com afirmações, nem dar lições para que os outros aprendam... ser mestre é verdadeiramente ser discípulo" *(Soeren Kierkegaard, filósofo).*

Sobre o amor...

"O mundo é grande e cabe nesta janela sobre o mar. O mar é grande e cabe na cama e no colchão de amar. O amor é grande e cabe no breve espaço de beijar" *(Carlos Drummond de Andrade).*

"O amor decresce quando cessa de crescer" *(Chateaubriand).*

Sobre o que é mais fácil...

"Ser bom é fácil, o difícil é ser justo" *(Santo Tomás de Aquino).*

"É mais fácil conseguir as coisas com um sorriso, do que com uma espada" *(William Shakespeare)*.

Sobre a importância do ser humano...
"Quando um homem dá um passo em direção a Deus, Ele se levanta de seu trono e dá cem passos em direção ao homem" *(Provérbio sufi)*.

"Somos belos como os desejos de Deus. Tão belos que Ele nos criou para que fôssemos espelhos" *(Rubem Alves)*.

Sobre o valor da vida...
"A ninguém a vida foi dada como propriedade, mas a todos em usufruto" *(Lucrécio, poeta latino do século I a. C.)*.

"Mais a vida é vazia, mais se torna pesada" *(A. Allais)*.

Sobre a beleza do universo...
"As nuvens passam, mas o céu azul fica!" *(Lao-Tsé, mestre do taoísmo, século II a.C.)*.

"A rosa é um jardim concentrado, um clarim de cor" *(Carlos Drummond de Andrade)*.

Sobre a força do bem...
"Podem cortar todas as flores, mas não podem impedir o retorno da primavera" *(Provérbio hindu)*.

"Faz mais barulho uma árvore que cai do que uma floresta que cresce" *(Provérbio italiano)*.

Sobre a importância dos amigos...
"Amigo é aquele que entra quando todos saíram" *(Provérbio inglês)*.

"Amigos são aquelas pessoas que perguntam como estamos e aguardam a resposta" *(Ed Cunningham)*.

Sobre a necessidade do outro...
"Um homem só está sempre em má companhia" *(Sabedoria popular)*.

"Quem ama a si mesmo e não a Deus não ama a si mesmo. Quem ama a si mesmo e não ao próximo não ama a si mesmo. Quem ama a Deus e ao próximo ama a si mesmo" *(Sabedoria mística)*.

Sobre nossos apoios...
"Quem não tem pernas tão firmes no caminho da fé pode sempre se servir da cruz como apoio" *(Edith Stein)*.
"Quando vires um bom homem, trata de imitá-lo; quando vires um mau, examina a ti mesmo" *(Confúcio)*.

Sobre as atitudes na vida...
"Quero a misericórdia, e não o sacrifício" *(Mt 9,13)*.
"O tímido tem medo antes do perigo; o covarde, durante; o corajoso, depois" *(Jean Paul Richter, escritor alemão)*.

Sobre o sentido do rio...
"Toda a tristeza dos rios é não poder parar" *(Mário Quintana)*.
"O rio precisa arriscar-se e entrar no oceano. E somente quando ele entra no oceano é que o medo desaparece. Porque apenas então o rio saberá que não se trata de desaparecer no oceano, mas de tornar-se oceano" *(Albert Einstein)*.

Sobre este livro...
"A poesia não é de quem a fez, mas é de quem precisa dela" *(Pablo Neruda)*.
Este livro não é de quem o escreveu, mas de quem fizer uso dele *(Canísio Mayer)*.

"O valor das coisas não está no tempo que elas duram, mas na intensidade com que acontecem. Por isso existem momentos inesquecíveis, coisas inexplicáveis e pessoas incomparáveis."
Fernando Pessoa

BIBLIOGRAFIA

ALVES, Rubem, *O retorno e terno.* Crônicas. Papirus Editora, SP, 1996.

ALVES, Rubem, *Retratos de amor.* Papirus Editora, 4ª edição, 2003, Campinas, SP.

ANDRADE, Carlos Drummond, *Antologia poética*, Editora Record, RJ-SP, 2002.

BEAUCHAMP, Paul, *La loi de Dieu.* Éditions du Seuil, Paris, 1999.

COVEY, Franklin, *Escolha – escolha a vida proativa que você deseja.* Tradução de Flávia Rössler, Negócio Editora, Rio de Janeiro, RJ, 2003.

GUTIÉRREZ, Gustavo, *Beber no próprio poço.* Editora Vozes, Petrópolis, RJ, 1987.

MAYER, Canísio, *Viver e conviver.* Paulus Editora, 9ª edição, SP.

MAYER, Canísio, *Encontros que marcam.* Paulus Editora, 4ª edição, SP, 2001.

MAYER, Canísio, *Na dinâmica da vida.* Ed. Vozes, RJ, 2004.

MAYER, Canísio, *No sotaque do amar.* Ed. Vozes, Petrópolis, RJ, 2005.

MAYER, Canísio, *No sotaque do andar.* Ed. Vozes, Petrópolis, RJ, 2005.

MAYER, Canísio, *Dinamizando a vida.* Editora Rideel, São Paulo, 2005.

Mayer, Canísio, *Na dança da vida.* Editora Idéias & Letras, Aparecida, SP, 2005.

Monsior, Jean-Paul, *Chemins d'humanisation.* Éditions Lumem Vitae, Bruxelas, 1998.

Oleniki, Marilac Loraine R., Daldegan, Viviane Mayer, *Encantar.* Editora Vozes, Petrópolis, 2003.

Ravier, André, *En retraite chez soi.* Éditions Parole et Silence, Saint Maur, France, 1998.

Robinet, Jean-François, *O tempo do pensamento.* Paulus Editora, SP. 2004.

Teixeira, Nelson Carlos, *O grande Livro dos Provérbios.* Editora Leitura, Belo Horizonte, MG.

www.sabedoriadosmestres.com/palavras dos mestres4.html
www.vida-vivida.weblogger.terra.com.br/200406_vida-vivida_arquivo.htm
www.delight.com.br/papo_cabeça/pc-098.htm
www.astormentas.com/victorhugo.htm

Índice Geral

Apresentações 9
Dez pontos para o bom uso deste livro 13
Introdução 19

1. DINÂMICA DAS QUATRO TENDAS 25
– Objetivos: Educar a sensibilidade para a escuta e a contemplação; auto-conhecimento; entrosamento, confiança, partilha, aprendizado, crescimento...; contato com a sabedoria da vida, com sonhos, esperanças; provocar atitudes de docilidade, de diálogo, de compromisso.
– Público alvo: Público variado: adolescentes, jovens e adultos; grupos diversos: de etnias, credos, denominações sociais
– Número de participantes: Livre. O ideal que não seja mais que 40 participantes.
– Desenvolvimento
– Trabalho prévio
– Frases sugestivas: Provérbios, leis de ouro, atitudes, vida...

2. DINÂMICA DOS NAMORADOS 35
– Objetivo: vivência do amor; reflexão sobre motivações que perpassam um processo de namoro; relações humanas; imaginação, criatividade, comunicação, partilha, aprendizado...
– Público alvo: Casais de namorados; grupos de jovens, estudantes, educadores...
– Número de participantes: Grupos pequenos ou médios.
– Desenvolvimento
    Primeiro passo: Aquecendo os motores do amor – em Plenário
    Segundo passo: Retomar a vida – em Pares
    Terceiro passo: Socializar – em Plenário

Quarto passo: Razões para um grande amor – em Pequenos grupos
Quinto passo: As razões do grupo – em Plenário
– Sugestão de Anexos
– Texto: Algumas razões porque amo você

3. DINÂMICA DOS DILEMAS 43
– Objetivos: Provocar momentos de conversação, troca de idéias, ajuda mútua, debates sobre diversas situações da vida; cultivar ou criar a capacidade de enfrentar situações difíceis, saber falar, escutar os outros, ponderar, discernir...
– Público alvo: Estudantes, adolescentes, jovens... aberto.
– Número de participantes: Não existe limite.
– Desenvolvimento
– Sugestões de Anexos
– Situações variadas: Príncipe encantado, efeito, desejosa, revoltante e ambígua.

4. DINÂMICA DAS EXPRESSÕES 49
– Objetivos: Cultivo das relações humanas; quebra de bloqueios na comunicação; busca de uma auto-estima justa e equilibrada; expressão corporal, imaginação, criatividade...
– Público alvo: Grupos de jovens, adolescentes, estudantes...; público variado.
– Número de participantes: Não existe um limite.
– Situações da dinâmica
  Primeira situação: Formação de pares
  Segunda situação: Todos sentados em roda
  Terceira situação: Todos circulando pela sala
  Quarta situação: Música, poemas...
  Quinta situação: Representação coletiva.
  Sexta situação: Interpretação e avaliação
– Sugestão de Anexos

5. DINÂMICA DOS SÍMBOLOS 55
– Objetivos: Mergulhar no mistério da vida; sentir e interpretar pensamentos, sentimentos, presenças, desejos...; transcender a vida presente...
– Público alvo: Aberto.
– Número de participantes: Grupos pequenos ou médios.
– Desenvolvimento

Primeiro momento: Reflexão individual
Segundo momento: Identificar-se e partilhar
Terceiro momento: Socializar

6. DINÂMICA DA CRIATIVIDADE 61
– Objetivos: Trabalhar a sensibilidade, a capacidade de colocar-se no lugar do outro, ter empatia, compaixão; desenvolver a capacidade da escuta e da criatividade; favorecer e criar um clima de confiança e de reflexão; buscar auto-conhecimento e o conhecimento do coração do(s) outro(s); desenvolver diferentes formas de comunicação...
– Público alvo: Jovens, adolescentes e, dependendo das circunstâncias, pessoas adultas; Alunos de diferentes níveis. Grupos variados.
– Número de participantes: O ideal é que não seja um grupo muito grande.
– Desenvolvimento
Primeiro passo: Explicar
Segundo passo: Vivenciar
Quatro níveis de vivência da dinâmica
1º nível: Movimento físico
2º nível: Movimento introspectivo e retrospectivo
3º nível: Movimento físico e moral
4º nível: Movimento físico, moral, poético, místico...
Passo final: Interpretar e avaliar
– Sugestão de Anexos

7. DINÂMICA DAS FRASES 69
– Objetivos: Pensar, refletir, estabelecer relações, dar sentido às coisas...; recuperar o sentido do diálogo, da partilha, do olhar para o outro...; cultivar a escuta, a criatividade, o trabalho em equipe...
– Público alvo: Adolescente, jovens e adultos; grupos diversos, isto é, gente que trabalha com gente; Estudantes do Ensino Médio e Superior.
– Número de participantes: Entre 15 a 40 participantes.
– Desenvolvimento
Primeiro passo: Reflexão individual
Segundo passo: Reflexão em pequenos grupos
Terceiro passo: Plenário
– Sugestões de Anexos
– Texto: Sugestão de frases sobre o Amor
– Texto: Sugestão de frases sobre a Liberdade

8. DINÂMICA DOS SONHOS 77
– Objetivos: Vivenciar sonhos e atitudes que movem os passos do ser humano; trabalho em grupo; exercício da participação responsável, cultivo do discernimento...; vivência da democracia dentro de um grupo; entrar em contato com frases iluminadoras e motivadoras da vida...
– Público alvo: Jovens, adultos; Estudantes do Ensino Médio ou Superior; educadores, lideranças diversas, coordenadores de grupos; grupos variados.
– Número de participantes: Não existe um limite.
– Desenvolvimento
  Primeiro passo: Reflexão individual e partilha
  Segundo passo: Trabalho em pequenos grupos
  Terceiro passo: Socializar a experiência do trabalho em grupos
– Sugestão de Anexos
– Texto: Frases sugestivas sobre os sonhos
– Blocos: Jardim, Arquipélago e Constelação

9. DINÂMICA MAIS DO QUE NUNCA 83
– Objetivos: Reflexão individual e trabalho em grupos; vivência de valores e contravalores; trabalho em equipe; busca de um novo jeito de ver e de viver valores; imaginação, criatividade, novidade...; protagonismo.
– Público alvo: Grupos diversos: adolescentes, jovens, estudantes, adultos; lideranças cristãs ou não; coordenadores de grupos.
– Número de participantes: Não tem limite.
– Desenvolvimento
  Primeiro passo: Reflexão individual
  Segundo passo: Trabalho em grupos
– Sugestão de Anexos
– Texto: Em busca de novos valores

10. DINÂMICA DO OLHAR 91
– Objetivos: Cultivo de valores, reflexão, trabalho em equipe; Deixar aflorar o lado poético, criativo, imaginário... os sonhos.
– Público alvo: Público aberto, grupos diversos.
– Número de participantes: Grupos pequenos ou médios.
– Desenvolvimento
  Primeiro passo: Encaminhar
  Segundo passo: Partilhar

Terceiro passo: Socializar
   – Considerações finais
   – Texto: Um olhar carinhoso

11. DINÂMICA DO TRABALHO EM EQUIPE 101

   – Objetivos: Vivência de aspectos importantes de um trabalho em equipe; participação ativa e responsável, busca de um projeto de vida comum; espaço de escuta, de participação, de aprendizado...; capacidade de discernimento: refletir, ponderar a favor e contra... decidir; senso crítico, busca de uma escala de valores...; entrosamento, comunicação, imaginação, criatividade...
   – Público alvo: Grupos variados, cooperativas, educadores, estudantes, grupos organizados, empresas...
   – Número de participantes: Não mais de 35 participantes.
   – Desenvolvimento:
   Primeiro passo: Ouvir e criar
   Segundo passo: Refletir e escolher
   Terceiro passo: Ponderar e escolher
   Quarto passo: Socializar e escolher
   Quinto passo: Avaliar e continuar
   – Sugestão de Anexos
   – Texto: Onde está o segredo?
   – Texto: Sem título
   – Considerações finais

Anexos 109

Bibliografia 131

Impressão e acabamento
GRÁFICA E EDITORA SANTUÁRIO
Em Sistema CTcP
Rua Pe. Claro Monteiro, 342
Fone 012 3104-2000 / Fax 012 3104-2036
12570-000 Aparecida-SP